contos de

MAURO ALVIM

MINEIRÍSSIMO

aletria

1ª edição • Belo Horizonte 2016

Mineiríssimo

Editora responsável: Rosana de Mont'Alverne Neto
Coordenação editorial: Juliana Mont'Alverne Flores
Revisão: Bruno Silva D'Abruzzo
Projeto gráfico e ilustrações: Romero Ronconi

A475 Alvim, Mauro
Mineiríssimo / Mauro Alvim – Belo Horizonte: Aletria, 2016.
96 p.

ISBN 978-85-61167-93-6

1. Contos brasileiros. I. Título.

CDD: 869.3
CDU: 869.0(81)-34

Ficha catalográfica elaborada por Denise Mª Ribeiro Moreira
CRB/6 nº 1473

aletria

Av. Afonso Pena, 748 – Salas 711, 712 e 713 – Centro
CEP 30130 904 – Belo Horizonte – MG | Brasil
Tel: +55 31 3296 7903

www.aletria.com.br

Este livro é dedicado à memória de meu pai – que tanta força me deu para seguir a carreira de escritor – e de minha mãe; juntos, eles me ensinaram o quanto é bom ter uma família.

SUMÁRIO

7

Letras com sotaque Mineiríssimo

Lauro César Muniz

Peço especial licença, como paulista, para meter meu nariz em assunto mineiro. Nasci em Ribeirão Preto, vivi em Guará, perto do Triângulo Mineiro, e pude sentir os bons ventos que vêm de lá.

Mauro Alvim criou um superlativo que define, claramente, o estado de espírito da terra em que nasceu: "mineiríssimo" é mais que mineirismo. "Mineiríssimo" é profissão de fé, é jogar raízes na terra para sempre, é viver como árvore presa a seu espaço. Mineirismo é maneirismo, um passeio suave pelo modo de ser mineiro. Mauro é "mineiríssimo" e explode em sua literatura esse apego à sua terra. Todos nós admiramos a pátria mineira, rica nas histórias oficiais e nas estórias de seu povo tão peculiar. Nada mais belo do que o movimento da Inconfidência! Nada mais divertido, humano e poético do que os causos dos mineiros das províncias. Mauro captou essa atmosfera, sentiu o cheiro de sua paisagem, se arrepiou com a beleza de suas mulheres, o paladar da melhor comida do mundo, palitou os dentes de galinhas de cabidela, estalou a língua nas boas cachaças pingadas dos alambiques. Sem pressa... Pressa é coisa de paulista. O mineiro é lento nas decisões, é o que se diz... E isso lá é defeito? Enquanto fala mansamente, sonda o que está ao redor, pondera, estuda, cogita, filosofa, vai, volta, contorna e é tão hábil na frase que não desagrada nunca o interlocutor! E assim, raramente perde um argumento. É hesitante? Tem duas caras? Nada disso! O mineiro sabe o que quer, mas sabe também que não adianta nunca impor suas ideias com frases ou atitudes acabadas. Se Dom Pedro I fosse mais mineiro que português, não diria "Independência ou Morte!". Seria mais prudente, faria uma frase menos enfática que não geraria revolta ou descontentamento, mas reflexão: "Libertemos Portugal do Brasil!". O que esse mineiro quer dizer com isso? Não é que ele tem razão?

Libertas quae sera tamen, o lema latino do lindo triângulo vermelho da bandeira da Inconfidência Mineira quer a liberdade, ainda que tardia... Não tem pressa, é mineiro, paciente... Liberdade para livrar o país do jugo português, com jeitinho, algum dia. Com um pouco de mineiridade, Tiradentes sairia livre... como os demais companheiros. Mas teve pressa, assumiu com heroísmo a liderança da conspiração e... lá se foi o conterrâneo de Mauro Alvim. É preciso ser mineiro para governar bem este país tão contraditório? Nem sempre. Juscelino Kubitschek provou que o país podia ser governado mansamente, com sorriso de otimismo, jogo de cintura, diálogo político... Jogo de cintura?! Quem não sabe gingar a catira do Pé Quente, não governa direito. É a cintura, a cintura!! Chica da Silva sabia usar a cintura e comeu Minas Gerais com farofa! E Pelé?! Outro gênio mineiro! Avisava o adversário para onde levaria a bola? Nunca! Ameaçava ir pela direita, mas saía pela esquerda, ou vice-versa.

Para escrever sobre mineiros, nada melhor do que ter raízes nas terras de Minas. O léxico de Guimarães Rosa abriu veredas para a linguagem mineira, depois de beber as palavras de sua gente. Sua esposa, mineiramente, libertou vários judeus da sanha sanguinária dos nazistas. E é com toda essa mineirice de nascimento e espírito que agem os personagens heroicos ou covardes dos contos de Mauro Alvim. Coisa pensada, analisada longamente? Não! Coisa vivida, assimilada! Lendo os contos de Mauro a gente consegue até ouvir a musicalidade das frases, como se cada letra tivesse uma nota musical, compondo o sotaque mineiro:

> *Dentre as folhagens surgiu a figura de um homem que mais parecia assombração, com os cabelos grandes e encaracolados, totalmente em desalinho, uma barba que batia no peito. Os olhos arregalados e vermelhos não escondiam o ódio e o desejo de vingar alguém, mais as roupas e botinas surradas, marrons de tanta poeira, lhe davam um ar ainda mais sinistro. Sua chegada meteu medo nos jagunços.*

E é nessa onda de frases plenas de humor e poesia, que a estória vai sendo narrada. Às vezes o autor se investe de personagem para contar seu causo, às vezes dá passagem ao próprio personagem para narrar. E a narrativa vai te envolvendo, vai te seduzindo, vai te levando para as Gerais, para perto do seu povo cheio de manhas, artimanhas, espertezas, coragens e medos agarrados aos seus credos, tornando reais suas fantasias... Ora, com tantas igrejas brilhando em ouro, o Deus mineiro existe, e se existe o divino também existe o capeta, que não é fantasia, é realidade pura! Realismo fantástico? Nada disso! Em Minas se fotografa o capeta em noite de boa lua.

A estória vai por aí? Ah... fácil prever o que vai acontecer... Não! Não é! Desafio quem contar o final do causo antes do Mauro! A estória dá voltas, ginga, quase sempre dá as costas para a frente e quando o leitor aposta numa solução, a narrativa o espanta! Safado esse Mauro! Reversão de expectativa é o ouro dos bons contistas. E nas minas de Minas tem ainda muito ouro literário. Mauro Alvim sabe garimpar...

MINEIRÍSSIMO

13

Juramento de Januário

A família estava sentada à mesa almoçando, quando todos escutaram o trotar apressado de um cavalo que chegava à fazenda, trazendo um dos tropeiros do Coronel Olivério Simões, gritando para seu patrão:

— Coronel Olivério! Pegaram Januário!

Tal grito fez quebrar a rotina da fazenda Roça Grande. Nos últimos anos, a família andou de cabeça quente com a ameaça daquele homem que havia prometido, de pés juntos, dizimar todos os filhos de Olivério Simões. O tropeiro desmontou e, ao chegar à varanda, todos já haviam deixado a mesa de refeição para saber mais detalhes do acontecido. Ele tirou seu chapéu, passou a mão pelo rosto queimado de sol, o suor descia testa abaixo. O Coronel Simões, que não era muito de crer sem ver, perguntou-lhe:

— Isso daí não será mais outro alarme falso?

— Não é não, senhor. Encontraram o corpo lá na beira do açude.

— Que garantia me dão que é ele?

— A barba e mais o cabelo...

— Outra vez vocês vão querer reconhecer morto por causa de barba e cabelo?

— Não é só isso, Coronel, tem mais o chapéu, a medalhinha de São Damião e mais a foto da mulher dele. Sabe quem sangrou o excomungado? Foi Antero Brás!

As mulheres fizeram o sinal da cruz, deram graças a Deus que daquele dia em diante não mais iriam precisar temer a morte de outro membro da família, e lá foram pra frente do oratório elevar suas preces a Deus em forma de agradecimento. Nhôzinho, um dos filhos, coçou a barba e murmurou:

— Antero Brás!? Até que enfim ele fez uma coisa que presta. Mas a troco de quê o cachorro matou o demônio?

— Daí não sei. Foi um tiro só no meio do peito. O corpo está lá na vila, tá até branco de tanto sangue que perdeu.

— Então deve de ser outro, porque aquilo dali não tinha sangue.

— Vai lá na vila pro senhor ver que eu não tô brincando, Nhôzinho.

— Nós vamos juntos! Mandem selar os animais, quero ver isso de perto!

Dali a alguns minutos, acompanhado de quatro jagunços, todos a cavalo, Nhôzinho caminhava pela estrada poeirenta, sol de meio-dia, rumo ao povoado de Iguatama. Fazia planos para si de, por vingança, decepar o cadáver e guardar a sua cabeça como troféu, ainda que não tivesse sido ele quem fizera o serviço. O resto do defunto iria jogar no matagal, servir de comida para os urubus, pois para ele, indivíduo como Januário Garcia, que já havia tirado a vida de seus outros irmãos, não merecia nem ser sepultado. Apesar da rivalidade política de sua família com Antero Brás, seria capaz de oferecer-lhe alguma recompensa, afinal, sua vida havia sido poupada. Sabia que estava condenado a morrer do mal de chagas, mas jamais deixaria para seus herdeiros a lembrança vergonhosa de ter sido morto juramentado.

Meio-dia e meia, sol ardendo, os cavalos bufando, dali a pouco chegariam à beira do rio São Francisco onde poderiam matar a sede e, depois, seguir caminho até o povoado. Mas, próximo ao barranco, uma imensa mangueira caída ao solo impedia a passagem. Antes de o patrão ordenar, seus homens desmontaram e, de facões em punho, foram desbloquear o caminho. Um deles, observando a base do tronco, notou marcas de machado e chamou seus companheiros. Irritado, Nhôzinho berrou:

— Quem foi o cachorro que andou cortando árvore em minha terra?

— Fui eu, desgramado! – logo veio a resposta, seguida do estampido de um rifle que assustou os cavalos. Dentre as folhagens surgiu a figura de um homem que mais parecia assombração, com os cabelos grandes e encaracolados, totalmente em desalinho, uma barba que batia no peito. Os olhos arregalados e vermelhos não escondiam o ódio e o desejo de vingar alguém, mais as roupas e botinas surradas, marrons de tanta poeira, lhe davam um ar ainda mais sinistro. Sua chegada meteu medo nos jagunços. Sabiam que corriam perigo de vida, se descuidaram do patrão, único jeito de escapar da morte era se atirar pelo barranco abaixo, rolando pelas pedras. Era tudo ou nada.

— Por que não foge também, coronelzinho de araque? Se tiver mãe, pegue esse trabuco e me estoure o peito! Faça comigo a mesma coisa que fiz com seus irmãos e vou fazer mais!

Atônito, Nhôzinho arregalou os olhos pr'aquela coisa que parecia ter vinda do inferno. Era chegada a sua hora, não ia lhe dar as costas pois sabia que levaria um tiro, não podia deixar a impressão de que morreu como um covarde. Só lhe restou ouvir as maldições que Januário lhe lançava:

— Me enfrente! Pegue a sua arma, vamos! Faça comigo o mesmo que o cachorro do seu pai fez com o meu filho! – silêncio total; até as cigarras e os pássaros se calaram enquanto ele vociferava. — Não, você não é capaz de fazer isso porque é um covarde! Só tem valentia quando seus homens estão perto, desgraçado! Eu não sou de mandar outro fazer o serviço pra mim.

Envergonhado por ouvir tantos desatinos, tentou ser rápido para puxar a sua arma. Segundos após, lá embaixo do barranco, enquanto gemiam de dor por causa da queda, seus jagunços puderam ouvir três tiros de rifle e não tiveram dúvidas.

— Nhôzinho está morto! – disse um deles.

Essa foi uma das mortes juradas e cumpridas por Januário Garcia. Quem conheceu aquele moço franzino na infância, não seria capaz de pensar que depois de adulto iria virar o homem mais temido no sertão do centro-oeste de Minas, justiceiro ou assassino. Ele, que desde a infância nasceu para trabalhar na roça ajudando a família, antes de aprender a ler já sabia muito bem domar um potro xucro, aos quinze anos herdou do pai dois alqueires de terra, mais umas cabeças de gado e foi daí que começou. Bom de catira, com vinte anos já tinha cinco alqueires mais outro tanto de gado leiteiro e era daí que levava a vidinha, pobre mas feliz. Aos domingos era coroinha na única igreja do povoado de Garças, e foi nos encontros da pastoral que conheceu a Saninha da Maria e do Afonso com quem se casou. Moça prendada, de família humilde como a dele, mas que iria realizar seu grande sonho de ter um varão para continuar seus negócios na roça. Cinco anos de casamento, o filho não vinha, o casal era só tristeza. Numa certa tarde, em visita à prima Jacinta, Saninha ganhou dela uma novena de Santa Edwiges, que dizem ser a santa das causas impossíveis.

— Reze toda noite, você vai ver que, não demora, o neném começa a te chutar a barriga.

E não deu outra, nove meses depois nascia Januário Garcia Filho. O pai não cabia em si de alegria, falava para quem quisesse ouvir que o produto veio melhor que a encomenda! Para o garoto, havia feito uma promessa, se precisasse, ia carregar água no balaio para que ele fosse muito feliz. Confiava que ele seria um grande homem. E não é que o menino tinha tudo para dar certo? Com cinco anos, ainda sem frequentar a escola, já sabia ler e escrever. Naquela época, Januário tinha vinte alqueires de terra, mais uma boa quantidade de gado leiteiro, além de uma granja no fundo da roça.

Alegria que durou pouco, até o dia em que foi procurado pelo Coronel Olivério Simões. Sua fama de homem mau era coisa que já vinha de família. Dizem que o povo sempre aumenta mas nunca inventa, porém, verdade de fato e de que se tem certeza é que os avós daquele homem ganharam uma sesmaria dos reis de Portugal depois de exterminarem os índios da região. Sesmaria que, num cálculo de cabeça, diziam que levava a maior parte do Triângulo Mineiro. Mania dos Simões era cobiça de terra e aumentar seu poderio político. Falavam pra quem quisesse ouvir que ainda iriam ser donos do estado de Minas Gerais. Quando algum dos Simões queria comprar uma terra, pagava o dobro do preço, só não admitiam escutar um não. Quem recebia a proposta tinha duas coisas apenas a fazer: vender ou morrer.

Januário foi desses que disse não ao Coronel e mais ainda:

— Até por todo ouro do mundo, Coronel. Sair daqui pra fazer o quê? A vida toda num fiz outra coisa sem ser cuidar dessa minha terrinha e ver o gado pastar. Largar disso aqui a modo de quê?

— Ora, que pergunta Januário! Com o dinheiro que vou lhe pagar por essas terras dá pra você montar seu negócio lá na cidade, uma vendinha, um bar ou até quem sabe ir de vez pra capital e dar uma vida melhor pra sua família.

Mas era não, não e não. Januário dizia-lhe:

— Já sou burro velho pra trocar de carroça, destas terrinhas que herdei do meu pai, não mudo nunca!

Olivério Simões tentou o que pôde e não conseguiu fazer negócio com o roceiro. Saiu de cara feia, resmungando e dizendo para Januário que ele ainda iria se arrepender de não ter aceitado sua proposta.

— Mas arrepender de quê, meu Deus? A terra é minha, faço dela o que eu quiser, saio daqui só para o cemitério.

A resposta veio uma semana depois. Estava Saninha estendendo as roupas no varal, de longe viu o filho brincando em cima de um cavalo. Um estampido de fuzil e o corpinho do garoto caiu do animal tal qual uma fruta cai do pé. Sem acreditar no que estava vendo, correu até lá e, no caminho, encontrou um jagunço que lhe disse:

— Manda seu marido vender as terras para o Coronel ou da próxima vez vai ser a senhora ou ele que vai tombar.

No dia do enterro do garotinho, o caixão branco foi levado para o cemitério carregado por outras crianças vestidas de anjo. Os adultos pediam vingança contra a família dos Simões, mesmo sabendo que nada iria acontecer, pois o coronel era homem que tinha a polícia nas mãos. Os gritos do povo não eram capazes de consolar o casal que perdeu seu único filho. Inconsolada, Saninha foi para a casa dos pais. Januário ainda foi à roça; chegou em casa e, se vendo no espelho, percebeu que a sua dor naqueles dias o fez esquecer da barba e de pentear os cabelos. Pegou o pente, uma tesoura, mais um espelhinho e a navalha, porém não fez a barba nem o cabelo e sim um juramento: "só volto a usar isso depois que eu ver todos os filhos do Olivério debaixo da terra!". Já não tinha mais nenhuma vontade de voltar a cuidar da sua horta e da sua criação; a partir daquele dia seu desejo era um só – mostrar para o todo-poderoso Coronel Simões o que é a dor de um filho perdido. Coronel tinha sete: Antônio, Silvério, Nhôzinho, Josué, Afonso, Gercílio e Samuel, além das filhas Mariana e Carmita. As mulheres, ele iria poupar, pois mulher não se mete em confusão, ao contrário dos varões que seguiam o mesmo caminho do pai, cobiça e nada mais. Januário trancou a casa, selou seu melhor alazão e, antes de partir pelo mundo afora para a vingança prometida, foi até a roça do seu vizinho e vendeu toda a sua criação. Ia precisar de dinheiro para enfrentar a estrada. Primeiro, passou pela cidade, foi na casa da sogra despedir da sua amada, ainda inconsolável, sentada no banco da varanda, com os olhos vermelhos de tanto chorar a fitar o vazio.

— Isso não vai ficar assim não, Saninha. Deixa quieto que eu vou mostrar pra esse povo rico que com sentimento dos outros não se brinca. Se é guerra que eles querem, pois eles vão ter!

Muitos dos amigos tentaram desencorajar Januário daquela louca vingança, mas o homem não mudou de ideia, esporeou o cavalo deixando o seu recado: "só faço a barba e o cabelo depois de vingar a morte do meu filho!".

Todos duvidavam de que ele pudesse querer enfrentar aquela família poderosa e se perguntavam se Januário tinha ficado louco e desaparecido pelo mundo afora. Mas a resposta veio uma semana depois, quando a cidade acordou em polvorosa com a notícia de que Tonho Simões havia sido o primeiro. Talvez porque este aí era o mais fácil para ser pego de tocaia. Filho caçula do Coronel Simões, era desses arruaceiros, beberrão, mulherengo. Passava o dia inteiro cuidando dos seus negócios na fazenda e quase toda noite deixava a mulher e os filhos em casa para ir se divertir na Pensão da Rute. Tonho era desses que já chegava muito engomadinho, e as garotas largavam de qualquer um e disputavam entre si quem ia ficar com ele, porque sabiam que ele pagava bem, gostava de esbanjar dinheiro e, em épocas de vaca gorda, costumava levar três delas de uma vez para o quarto. Isso quando não decidia pagar a conta para os amigos, bebia até às tantas, a ponto de, na maioria das vezes, ser levado carregado para casa. Na sua última noite, estava com uma garota que a Rute havia lhe reservado. Com o peito ainda desabrochando, mais parecia uma garotinha fugida do lar, estreando naquela casa de mulher-dama. Naquela noite, Tonho estava escornado de tal maneira, mal conseguia encontrar o chão. Por aquela garota havia pagado quase que o preço de um campolina. Entrou no quarto, fechou a porta, cantarolava como um bobo alegre. A garota, seminua, sentada na cama, esperava o seu freguês tomar alguma atitude. Ele tirou os sapatos, a calça, o paletó e, de camisa e gravata, ficou a cantar uma ária da ópera Rigoletto. Quando percebeu que a janela do quarto se abriu, sua última visão foi a de Januário lhe apontando a arma e o que ele viu depois, só Deus sabe.

No dia seguinte, apesar do protesto da esposa, todas as garotas da Pensão da Rute estavam no seu velório. Sua mãe, as irmãs e as cunhadas choravam, ao passo que o Coronel Simões era o que menos parecia demonstrar tristeza. Talvez por ser homem que durante a vida conviveu com as mortes juramentadas de entes próximos, pois a história da sua família fora escrita a sangue e pólvora. Mas não conseguia esconder a raiva e o desejo de pôr fim a Januário Garcia, um homem que ousou desafiá-lo e cumpriu a promessa, mas ainda não havia conseguido sensibilizá-lo com a perda de um filho. Mais preocupado com a situação da sua nora viúva e dos netos, órfãos de pai, Olivério queria vingança e colocou sua cabeça a prêmio. O equivalente a dez novilhos para quem lhe trouxesse Januário vivo ou morto.

No mesmo dia a procura pelo vingador começou. Era grande a quantidade de barbudos confundidos com Januário que eram pegos e levados no laço para o Coronel. Ninguém recebeu o prêmio e, passados dois meses, ele ainda não havia sido encontrado porque fora se esconder no estado do Mato Grosso, na tapera de um índio velho que, diziam, era o último descendente da tribo dizimada pelo exército do Coronel. Três meses e nenhuma notícia, Olivério Simões se sentiu ofendido, não havia conseguido vingar a morte do filho, o assassino tinha de aparecer e, não se sabe como, num certo dia apareceu e foi vingado, apesar de gritar que era inocente. "Januário estava morto", era o que mais se dizia nas rodas de conversa dos povoados, a família Simões estava poupada. Mas Olivério Simões viu que havia executado o homem errado quando, dois meses depois, foi a vez de Silvério, atocaiado pelo mesmo vingador.

O Coronel entrou em pânico, redobrou a recompensa para quem encontrasse vivo ou morto aquele louco que estava cumprindo a promessa de dar fim a seus filhos, chegando até mesmo a oferecer uma fazenda de duzentos alqueires, o que não foi o bastante, pois seis meses depois foi a vez de Gercílio. A partir de então, o destemido Coronel nunca se sentiu tão diminuído. Ele que veio de uma estirpe de homens tidos e havidos como durões, podia perceber seu próprio fracasso e não teve como voltar atrás. Seu sonho de ser dono de mais da metade das terras do Triângulo Mineiro foi embora e, querendo evitar mal maior, decidiu devolver as terras que havia comprado aos seus antigos donos e retirou todo e qualquer membro de sua família da região. Não era dono de mais nada por ali, não tinha nenhum poderio político, havia se retirado como um gato que foge à luta contra um cão.

Januário, por sua vez, se tornou lenda na região. Apesar de ser citado como um indivíduo que tinha partes com o diabo, a maioria o via como herói, alguém que, sozinho, espantou daquelas terras um valentão que queria dominá-la. Para aquela gente humilde que vivia da lavoura, Januário era o santo vivo de um milagre só: não permitiu que a família Simões lhes tomasse os bens. Apesar de toda a violência com que agia, Januário levou paz ao povo da roça. Porém, com a saída em massa da família Simões do oeste mineiro para o interior goiano e mato-grossense, Januário passou a ter maior trabalho em localizá-los, mas nem por isso desistiu da sua vingança. Durante anos e anos perambulou pela mata como uma onça à procura de sua caça, sorrateiramente, sem pressa alguma para realizar seu juramento.

Oito anos após ter mandado executar cruelmente Januário Filho, o Coronel era um homem decadente. Durante todo esse período, viu seus cabelos ralearem, e os últimos que sobraram em sua cabeça ficaram grisalhos antes do tempo. Restou-lhe apenas o filho Samuel que, devido à tragédia que se abateu sobre sua família, não se tornou nenhum discípulo do pai para fazer negócios, mas um homem covarde, medroso, vivendo sempre a ameaça de ser o próximo. Samuel preferiu viver apenas dos lucros da sua fazenda, jamais se meteu em política, era um homem taciturno que falava em se mudar para o Rio de Janeiro e montar uma venda por lá. Num fim de tarde, na varanda da sua fazenda, observando o sol que se punha, disse ao seu pai da sua intenção, ao que Olivério lhe disse:

— Faz isso não, meu filho. Você é o único que me resta. Pelo menos tem de sobrar um para continuar os negócios de família que herdamos desde o meu bisavô.

— Pai, mas eu ainda posso ser o próximo! Quero viver muito e chegar a criar meus filhos. Januário é um demônio, uma assombração, como é que eu posso fugir dessa maldição? Antes que ele me pegue...

— O último foi Josué e isso já lá vai pra dois anos. Se tivesse que fazer mal pra mais algum de vocês, já tinha feito. Dali já deve até ter morrido, tanto que a mulher dele, lá em Garças, até já casou com outro.

— Será que o demônio tá mesmo morto, pai?

— Ora, indivíduo feito aquele, depois que mata um, vira assassino que acha que pode matar qualquer outro. No mínimo, alguém já deve ter feito justiça por nós.

Samuel não quis dizer nem que sim nem que não ao seu pai. Não queria contrariá-lo, pois tinha pena do velho toda vez que notava sua feição de tristeza.

— Eu já não duro mais muito tempo nesta vida. Quero deixar pelo menos alguém pra cuidar de tudo isso aí que é meu; não demora e Deus tá me chamando.

O sol se pondo, um mendigo apareceu em frente à fazenda, trajando um velho e imundo capote para se proteger do frio e, com voz rouca, implorou a Olivério.

— Ô, meu senhor, tem um prato de comida pra mim? Tô vindo de muito longe, faz essa caridade.

Aqueles anos todos de sofrimento pela perda dos filhos também fizeram com que Olivério Simões se tornasse uma pessoa mais piedosa pelos desafortunados. Convidou o pobre mendigo para entrar e mandou que uma empregada servisse uma refeição. Notou o quanto o recém-chegado comia como um desarvorado e não se furtou a perguntar-lhe:

— Está vindo de onde?

— De muito longe disse-lhe o mendigo, minha vida é só caminhar pelo mundo afora, mas agora estou cansado, querendo voltar pra casa. E os senhores? São daqui?

— Não, sou mineiro - respondeu Olivério.

— Minas Gerais? Terra boa. Senhor deve ter muita saudade de lá, não é?

— Foi lá que eu nasci, mas infelizmente não podemos mais voltar - disse Samuel. — Principalmente eu que estou jurado de morte.

— Santa mãe, mas quem e por que há de querer matar gente tão boa?

Olivério Simões quem lhe respondeu:

— Um louco jurou de morte todos os meus filhos!

— Um louco? - indagou o mendigo. — Mas a modo de quê?

— Foi uma confusão que me meti com um sujeito aí, só que eu não sabia que estava mexendo era com um louco que decidiu vingar em cima dos meus filhos e só Deus sabe o quanto tenho penado.

— Que louco é esse?

— Um tal de Januário Garcia, já ouviu falar?

O mendigo interrompeu sua refeição, arregalou os olhos e perguntou:

— Por acauso o senhor é o Coronel Olivério Simões?

— Como é que você sabe? - indagou Olivério, perplexo.

O mendigo jogou o prato de comida para o lado, tirou seu chapéu, deixando à mostra sua volumosa cabeleira e vociferou:

— Porque o louco tá aqui na sua frente, Coronel!

Pai e filho ficaram estarrecidos, mais ainda quando Januário retirou de dentro da sua capa uma carabina e apontou-lhes, dizendo:

— Até que enfim, assassino! Tinha até desistido de te encontrar! Nunca que eu iria te reconhecer com essa cabeça toda pelada! - Olivério viu o quanto estava enganado, o vingador estava mais vivo do que nunca e pela primeira vez pôde vê-lo frente a frente.

— Tô louco sim, Coronel! Desde que vosmicê mandou sangrar meu caboclinho!

Pai e filho se quedaram estarrecidos, ambos mudos, ouvindo os impropérios do vingador.

— Nesses anos todos será que vosmicê também já deve ter sentido na pele a dor de perder um filho?

Januário armou a carabina, Olivério Simões ajoelhou-se a seus pés e, de mãos postas, implorou:

— Por tudo quanto é mais sagrado, Januário! Beijo os seus pés e te peço perdão e até me esconjuro pela desgraça que eu te fiz, mas não me bota mais essa ruga de tristeza por me fazer enterrar o único filho que me sobrou. Te dou minha fazenda, meus gados, fica com tudo isso aí que tá vendo, é minha forma de arreparar o mal que eu te fiz.

Para seu alívio, Januário baixou a arma, deu uma cuspida e murmurou:

— Poupo a vida dele só com uma condição.

— A que você quiser, diga!

— Eu quero te ver levantar daí do chão, ir lá pra fora e correr! Pela primeira vez na minha vida eu quero ver um coronel correr de mim! Vou contar de um até dez e dar um tiro só, o último em toda minha vida! Reza vosmicê pra modo d'eu errar a pontaria, senão morre!

Atendendo ao pedido, Simões se levantou, deixou a varanda e, com suas pernas pesadas, tentou correr em meio àquele terreno acidentado de terra batida. Não satisfeito, Januário berrou:

— Eu mandei foi correr! Daí é passinho de quem vai pegar boi no curral!

Simões procurou acelerar o passo, mas não foi muito adiante. Bastou um tiro de Januário para que este tombasse ao chão. Trêmulo e sem reação, Samuel pôde ver aquela estranha figura escrever o nome do seu pai no cabo da espingarda, ao lado do nome dos irmãos falecidos.

— Cumpro a promessa que fiz ao seu pai e você pode continuar vivo. E leva de lembrança essa espingarda que me serviu pra cumprir a promessa de vingar a morte do meu filho.

Em seguida, Januário subiu no primeiro cavalo que viu ali em frente à fazenda e desapareceu num galope pela noite afora, levantando poeira.

A notícia de que Simões havia sido vingado chegou dois dias depois ao vilarejo de Garças. Para aquele povo simples, o autor da façanha devia ter sido outro, Januário já deveria ter morrido e abriu caminho para que os inimigos do antigamente temido coronel fizessem o resto do serviço. Mas viram que estavam enganados quando, uma semana depois, a estranha figura apareceu no centro da cidade. A passo lento sobre o cavalo que pegou na fazenda, a princípio sua presença causou medo. Porém, ele passou pelas ruelas cumprimentando cortesmente a todos. Seus olhos ficaram marejados ao rever o lugar onde nasceu e cresceu, a praça onde brincava com seu filho e a igreja onde se casou com a amada Saninha, de quem estava louco de saudades. Ao parar em frente ao bar do Tião, desmontou e mirou ao redor. Observou o silêncio fúnebre que se fazia na praça, as pessoas ali com os olhos voltados para ele que, antes de entrar no bar, retirou de sua sacola o espelhinho e a tesoura que há anos o acompanharam naquela sua longa jornada de vingança. Estarrecido, o povo admirava aquele indivíduo, que ia cortando mecha por mecha dos seus cabelos e da barba, aos poucos mostrando a sua verdadeira face, os traços de uma pessoa humilde e serena que um dia chorou a morte do filho. Ao cabo de meia hora, todos os presentes ali na praça puderam rever a face do companheiro que abandonara aquela feição demoníaca. Todos, ainda silenciosos, perderam o medo daquela lenda viva quando Januário entrou no bar e pediu:

— Bota uma pinga aí pra mim, Tião! Quero comemorar que, finalmente, cumpri minha promessa de acabar com a raça daquele coronel que judiou de minha família!

E o que se seguiu foram vivas e aplausos, finalmente o herói estava de volta, recebendo abraços e mais abraços de amigos saudosos que também se viram livres do poderio dos Simões. Nem quando perdeu seu filho, chorou com tanta vontade diante da homenagem dos amigos. Passada a emoção, ele perguntou:

— E Saninha, como é que tá?

Novamente outro silêncio. Por mais que Januário tivesse insistido, ninguém disse nada, tentaram mudar de assunto, ele logo entendeu, pensou que certamente Saninha deveria ter sido outra vítima da vingança dos Simões contra ele. Decidiu montar no cavalo e voltar à sua casinha para matar a saudade, pensando não encontrá-la mais ali. Ao sair, alguém se perguntou:

— E agora? Que é que ele não deve fazer na hora que ver a Saninha casada?

— Que Deus proteja a vida e a família do Antônio! - exclamou o dono do bar.

Ao chegar em frente da sua rocinha, viu tudo como estava. A mesma casa, muito bem conservada e com a chaminé fumegando. O curral no mesmo lugar, o mesmo jardim muito bem cuidado e as samambaias choronas penduradas na varanda. No quintal, um garoto de cinco anos brincava com seu irmãozinho caçula, tudo muito quieto, muito silencioso, ele perguntou a ambos:

— Papai e mamãe estão em casa?

Quem apareceu para recebê-lo foi seu velho amigo Antônio, companheiro de bar e catiras. Ele apenas encarou-o com um certo olhar de medo, ao que Januário o saudou dizendo:

— Estou de volta, Antônio. Só estou aqui de passagem para ter notícias de Saninha. Coitadinha, por minha causa o cachorro do Simões deve ter feito das dele com ela, não foi? Saí daqui feito bicho bravo, não arrependi do que fiz, mas devia ter me preocupado com Saninha. Me diz pra onde ela foi, ou se tá viva.

— Saninha está aqui, Januário.

O vingador sentiu uma pontada no coração. Seus olhos lacrimejaram, finalmente, depois de tantos anos poderia vê-la. Perguntou:

— Aqui, onde?

O garoto mais velho chamou "manhêêêê...!", e eis que Saninha apareceu na porta, arregalou os olhos e não se conteve:

— Januário de Deus! É você?

— "Mãe"? Eu vingando a morte do nosso filho e volto pra te encontrar casada?

Saninha perdeu a fala, pensou que iria desmaiar, mas tentou se conter, respirou fundo para, então, respondê-lo:

— E como é que ocê queria me achar, Januário? Aqui assentada, te esperando com cafezinho quente e a cama pronta? Homem de Deus! Há quantos anos que ocê tá fora sem dar notícia, eu só aqui ouvindo dizer das mortes que ocê fez! Num sabe como é que foi difícil pra eu ficar aqui aturando ameaça daquele povo do Simões me chamando de mulher de assassino! Passei quase que um ano escondida daquela gente e o povo daqui tentando me proteger de tanta ameaça! E num foi só isso, era notícia aos montes de que ocê andou matando mais gente por esse sertão afora!

— Isso daí é mentira! Por essa luz que me alumia! Minha promessa de vingança cumprida foi só mesmo com os filhos daquele cachorro que, numa hora dessas deve de tá no inferno!

— E eu sabia lá o que era mentira e o que era verdade, Januário? Também, quantas vezes me chegou notícia aqui de que ocê já tinha sido morto, e eu também sem saber se era mentira ou verdade, ia lá na igreja acender uma vela pra sua alma. Pra mim ocê já tinha morrido, não voltava mais. Queria que eu ficasse aqui desamparada, esperando o que ia acontecer? Se eu tô viva e não fiz uma bobagem de acabar comigo, é graças ao Antônio que soube me ajudar na hora que eu precisei. E esses meninos que ocê tá vendo aí é filho meu e dele e eu tô em paz com Deus, porque quando fiz isso já nem sabia mais se tinha marido. Desse modo é que eu consegui esquecer o inferno que virou minha vida depois que ocê sumiu de vista e nunca mais deu notícia. E agora que voltou, vai fazer o quê? Querer me matar?

Ele apenas abaixou a cabeça, enxugou uma lágrima que iria rolar do seu rosto e balbuciou, "tenho que entender". Mas nem por tudo aquilo chegou a se arrepender de ter feito o que fez. Não tivesse tomado a atitude de sair pelo mundo afora para vingar a morte do seu filho, certamente a família Simões reinaria soberana na região, seria capaz de nem mais ter aquela casinha, poderia estar abandonado pelo mundo carregando nas costas o peso da humilhação. Não tinha mais a esposa, não havia mais lugar para ele naquela casa e tampouco naquela cidade, para onde ir? Numa decisão relâmpago, tal qual a que tomou no dia em que saiu de casa, pensou consigo: tantos anos vivendo como um eremita andarilho, havia se acostumado, a mata havia se tornado o seu lar, era pra lá que deveria voltar. Ele apenas montou no cavalo e se embrenhou de novo pelo sertão, retornando à vida solitária. Nunca mais voltou e ninguém mais deu notícia dele, se continua vivo ou se uma onça faminta deu cabo de sua vida. Vivo ou morto, só o que o povo sabe e conta é a história do juramento de Januário.

CABOCLO RICO

Pra quem mora na roça, todo dia é sempre igual. Só se sabe que é domingo porque a gente bota terno e vai à missa. Chega da igreja, lá vem a mesma dureza que foi a semana. Sobra um tempinho, é pra catar bicho-de-pé e dar um cheirinho na Ninota, minha patroa, quando ela tá mansa. Aí aproveito e peço também pra coçar minha cacunda, me fazer um cafuné, mas dela o que nunca falta é um cobertorzinho de orelha em época de frio. Assim a gente vai levando a vidinha do jeito que Deus quer.

Diz a sabença que nesta vida se tem jeito pra tudo, só num se tem pra morte, mas quem pensou assim, pensou errado, porque quando se quer, se passa rasteira até no vento. Eita que o tempo voa e o que parece que aconteceu trasantontem, quando nós vê, já ficou pra mais de dez anos atrás. Tempo que acontece troço pra encardir! Bão... aqui na roça, a única coisa que acontece e a gente vê é o gado pastar, o galo cantar e o filho crescer. Lá na cidade, é só cobiça entre os dotô coronel. Gente rica nunca acha que tem dinheiro de muito. Um quer ter mais que o outro e é daí que acontecem as mortes atocaiadas. Eu, graças a Deus, sempre fui homem de paz, ando por essas picadas e, mesmo sem conhecer, cumprimento quem cruza comigo e sigo caminho afora, desassombrado e sem olhar pra trás. Nunca fui chegado à pólvora e nem trabuco, por isso, nunca fui juramentado e nem precisei ter medo da morte. Mas mesmo num tendo, de um jeito ou de outro, chega um dia que ela vem e, antes de vir, o capeta quer levar a alma da gente. Daí aconteceu comigo e é o que eu vou contar agora.

Foi numa época que eu andava numa pindaíba, estava dum jeito de dar dó em qualquer cristão, num tinha quem falasse de mim e não me chamava de coitado. Comida faltava lá em casa, de eu ter que ir na cidade em casa de meus parentes e contar com a boa vontade deles pra me arrumar uma cuia de feijão, de arroz ou o que fosse, mas era pra dar de comer pra Ninota e pros cinco anjinhos que Deus nos deu. Minha conta andava pendurada lá no armazém do Ribas, e Ribas é daqueles que não vem cobrar da gente, mas tem um quadro em frente à loja onde ele põe o nome de todo mundo que tá devendo a ele e quanto. Meu nome ficou lá durante anos, dava até vergonha do povo saber que eu não era de pagar. Das vezes, a falta de comida era tanta que eu e a mulher íamos dormir de barriga vazia. Inté que nós morresse de fome, mas filho da gente não! Se botamos no mundo, temos que criar. Mas ainda assim era uma turminha feliz que, graças a Deus, nunca atinou pro que é que eu passava. De pequenininho nossos filhos não sabiam o que era dificuldade. Levantavam cedo e saíam pra escola enquanto eu ia tirar leite e vender por mixaria na cooperativa. Mais à tarde, de volta pra casa, estavam todos eles brincando no quintal. Meninada ia crescendo e eu preocupado no que é que ia ser daquela turma, queria ver todo mundo doutor, ninguém dando duro na roça feito eu. Estava chegando a hora do meu pessoal ir pro colégio e onde é que eu ia arrumar dinheiro pra modo de poder pagar?

No que chegou a época, eu andava mais quebrado que arroz de terceira. Pra piorar as coisas, aconteceu de duas dúzias de garrotinhos que eu tinha de sociedade com um amigo meu morrer tudo de uma doença que deu nos bichos e veterinário nenhum conseguiu dar jeito. O Joãozinho, meu mais velho, também aconteceu dele cair doente e eu ter que pedir dinheiro emprestado pros amigos pra comprar remédio e pagar quando pudesse.

Estão achando que é muita desgraceira pra uma pessoa só? Não foi só isso, pai morreu e eu não tinha nem dinheiro pra modo de poder enterrar pai, daí o que é que eu e meu mano fizemos? Queríamos enterrar ele lá em Bambuí, mas só que ia ficar muito caro. Vai daí que botamos o caixão com o corpo em riba duma árvore perto do cemitério, pra modo de voltar lá de noite e na surdina enterrar o pai. Tudo ajeitado, fomos pra cidade. Mas acontece que tinha um bandido que naquele dia fugiu da cadeia, tava perseguido pelos homens e arresolveu se esconder em riba daquela árvore até ficar de noite pra fugir. Acontece que eu e o mano chegamos primeiro e ficou naquele negócio de quem de nós vai subir lá em riba pra buscar o caixão. E num é que o caboclo que tava escondido pensou que fosse a polícia que tinha achado ele e ficou cabreiro? No que eu disse "Deixa que eu vou buscar ele", o bandido pegou e desceu da árvore falando, "Pode deixar que eu desço sozinho!". Até hoje eu sinto dor nas canelas só de pensar o quanto que eu corri, mas voltei lá e arrumei uma cova pro meu velho.

De tudo aí que eu contei foi só para mostrar o estado que eu andava, quase que pedindo esmola a mendigo, o que me consolava era ver que igual a mim tinha gente aos montes. Só pra se ter uma ideia, teve um dia que apareceu na cidade um sujeito, lá na delegacia, pedindo pro delegado prender ele. O homem ficou uma fera, mandou o cara sumir da frente dele, mas o sujeito insistiu e disse que estava foragido da penitenciária. O delegado foi ver e era mesmo! O cara tinha mais dez anos de pena pra cumprir, era ladrão perigoso e queria voltar pra penitenciária. "A modo de quê ocê tá querendo voltar pra lá?", perguntou o delegado. Negócio é que ele fugiu pra roubar e estava vendo que cá fora tinha pouca freguesia e dentro da penitenciária tinha vida melhor com cama e comida. O delegado ficou mais furibundo ainda e falou: "Tá pensando que isso aqui é brincadeira? Vai esconder lá debaixo da ponte que eu vou mandar meus homens te pegarem!". Pois sim, o delegado queria era mostrar serviço e ficar famoso como o homem que prendeu o bandido mais procurado da região. Botou tudo quanto é meganha dele pra ir lá buscar o caboclo, armou uma operação de guerra e chamou quase que toda a cidade pra ver a ação da polícia, mas quando chegaram lá, não viram foi é ninguém. O bandido achou que era conversa fiada, pegou e foi embora pra outra cidade pedir prisão noutra delegacia.

Até que se eu não fosse casado e pai de família, tivesse maldade no coração, acho que ia danar a roubar pra viver. Mas, e meus filhos? Ninota ia todo dia na igreja rezar pra ver se as coisas melhoravam e o padre sempre falava pra ela, "Minha filha, deixa que Deus fala certo por linhas tortas, tudo vai se resolver." Mas eu estava de um jeito que não podia mais esperar e daí que é que eu fiz? Fui num terreiro de mandinga que tinha uma estátua de exu, virei pra imagem do capeta e disse que se ele me ajudasse a ficar rico, dava minha alma pra ele. Que mais que eu podia fazer? Podia até ir pro inferno, mas família minha não ia deixar aí pra morrer de fome não. E não é que a coisa deu certo?

Dia seguinte mesmo, apareceu um homem querendo comprar minhas terras, os quarenta alqueires que eu herdei de pai, e acabou me pagando mais do que eu pedi. Com o dinheiro, comprei outros trinta alqueires e mais uns gados, plantei milho, mandioca, feijão, café, e o negócio deu que só vendo! Ganhei dinheiro pra comprar outros bois, mais terra e até um alambiquezinho do qual comecei a fabricar cachaça e vender pro povo. Em menos de um ano eu já estava começando a ficar rico que já dava pra dar de comer do bom e do melhor pros meus filhos (até sobrava) e mandar a turma pra escola paga. Deu também pra construir uma casinha melhor e levei pra lá minha sogra que, coitada, desde que ficou viúva só reclamava que estava muito sozinha. Foi bom.

Dinheiro só aparecendo, já tinha esquecido até do trato que eu tinha feito com o capeta, mas ele não. Num é que, num tal dia, o bicho me aparece lá em casa falando: "E aí? Te fiz ficar rico, agora vim buscar sua alma." Era um homem magro, moreno cor de jambo, de barbicha, com terno de gente rica, mas vi que era o capeta porque tinha a mão peluda e as unhas deste tamanho! Os olhos vermelhos de um jeito que parecia que tinha três dias que não ia dormir em casa. Quando tirou o chapéu, estavam lá os dois chifres. Me deu uma tremedeira, minha família estava bem, mas eu já tinha arrependido de ter falado aquela maldita coisa! Virei pra ele e pedi pelo amor de Deus que não me levasse! Deixasse eu voltar a ser pobre, mas ir pro inferno eu não queria não. O capeta pegou e riu pra mim e, muito maldoso, foi a vez dele fazer outro trato. Virou e disse:

— Não te levo com uma condição, de você descobrir quantos anos eu tenho.

— Vixe Maria! Santa mãezinha! E agora? Como é que eu vou fazer pra descobrir isso? O que você tá fazendo comigo é maldade!

— Só com essa condição. Semana que vem, a essa mesma hora, volto aqui e você me responde, senão, sua alma será minha.

Pronto! Aí ele me apertou. Sabia que o capeta era perverso, mas não pensava que fosse tanto! Como é que eu ia adivinhar a idade daquela coisa? Danei a correr casa de todo mundo pra perguntar se alguém sabia quantos anos o capeta tinha, e o povo só falava: "Eu sei lá!?"... "Vou lá saber?"... "Num sei e nem me interessa!". Achei, então, que só tinha uma pessoa que podia falar pra mim, era o padre. Cheguei lá na sacristia e contei pra ele o que é que havia acontecido. Pois sô vigário me passou uma esculhambação! Primeiro não acreditou na minha história. Outra, disse que se eu tivesse feito isso, foi a maior burrice da minha vida. Depois, mandou que eu saísse da igreja porque lá não era lugar de falar essas coisas e que se eu voltasse lá com esse mesmo assunto, nunca mais ia me dar comunhão.

Voltei pra casa de cabeça quente. Num tava rico feito esses dotô coronel, mas meus filhos estavam bem de saúde, tinha certeza de que dali uns tempos meu dinheiro ia dar pra poder pagar estudo pra todo mundo na capital, só que eu nunca ia poder ver eles de diploma na mão porque dali uns dias o cão ia me buscar e levar sabe lá pra onde. Tenho a impressão que a semana que passou me deixou um bocado de cabelo branco! E no dia que ele falou que ia vir? Quem disse que eu consegui dormir à noite? Se eu tentasse fugir não adiantava, porque sabia que eu fosse aonde fosse, o coisa ruim me pegava.

Tava na hora do capeta chegar e eu não sabia o que fazer. Tratei até de procurar a oração da salvaguarda e num achei em lugar nenhum. Pra quem num sabe, essa oração é uma que faz com que os inimigos que querem nos pegar não nos vejam, até se cruzar na estrada. Eu sei que dá certo porque pai morreu de velho por causa dela. Teve uma vez dum jagunço de um coronel aí na redondeza que andava querendo atocaiar ele e num achava de jeito nenhum. Numa noite, pai tava lá no quarto e, num sei a modo de quê, rezou a salvaguarda só até a metade. Pois dizem que o caboclo subiu no telhado da casa, queria pegar o velho por riba e, no que apontou a carabina, só viu pai da cintura pra cima. De resto pra baixo num viu nada, nem as pernas. Levou tanto susto que até borrou as calças de medo e nunca mais voltou lá. Pai morreu de velho.

Deu dez horas, peguei minha peixeira, sabia que não ia adiantar pra enfrentar aquela coisa, mas... em todo caso... Aí, cheguei lá na varanda e vi aquele capetinha de uma figa na estrada, vindo na direção da minha casa. Pronto! Era chegada minha hora e não tinha mais que fazer. Pedi a Deus pra me alumiar e num é que eu tive uma boa ideia na hora que eu vi minha sogra sentada na varanda fazendo crochê? Coitada, virei pra ela e falei:

— Ô minha sogra, por favor, tira a roupa, fica pelada aí!

A velha levou um baita dum susto, perguntou que é que era aquilo, e eu falei:

— Por favor, não me pergunta pra quê, trata de tirar a roupa e ficar pelada aí fora!

— Que é isso, homem de Deus! Tá vindo um moço lá adiante!

— Faz o que eu tô mandando! Tira a roupa!

Acho que eu tava tão desesperado, tão de cabeça quente, que a velha tratou de obedecer com medo d'eu fazer uma bobagem com a peixeira se ela não me atendesse. Levantou da cadeira, desabotoou o vestido, na hora de tirar o resto eu não quis nem ver porque não estava com vontade e também em respeito a ela que, eu achava, podia salvar minha vida. No que ela tirou tudo, eu já tava escondido atrás da soleira da porta e ouvindo os passos do capeta que já chegava. Lógico que a primeira coisa que ele viu foi a velha lá. Arregalou os olhos e disse:

— Eita que em meus sete mil anos de vida eu nunca vi troço mais feio do que esse!

Mais que depressa, saí de trás da porta e falei pra ele:

— Descobri, vosmicê tem sete mil anos de idade!

Pronto! Tava vencido o desafio! No que o capeta viu que tinha sido derrotado, que eu ganhei a aposta, ele não teve outro remédio a não ser enfiar o rabo entre as pernas e sair de fininho!

Minha sogra xingou, me chamou de sujeito à toa, reclamou que eu faltei ao respeito com ela, mas não sabia a dona que tinha me salvado a vida, mais a da Ninota, dos netinhos e de tudo quanto é filho dela. Meus cunhados que estavam pobres, agora eu ia poder ajudar todo mundo e não deixar mais ninguém passar dificuldade. Ela tratou de vestir a roupa e eu fui pra igreja. Afinal, tava na hora de agradecer a Deus por ter me alumiado a ideia pra vencer o capeta.

Até o santo perdeu a cabeça!

É sempre assim no Brasil, em ano de eleição que ocorre em novembro, quando chega o mês de outubro o país fica em polvorosa, vira assunto do dia, não se fala em outra coisa. Até alguns anos atrás, eram panfletos, faixas, santinhos, cartazes nos postes, de modo que uma verdadeira papelada feia invadia o país, quando então o Tribunal Eleitoral achou que a coisa estava demais e proibiu esse tipo de propaganda política, para tristeza dos catadores de papel que ganhavam dinheiro com aquilo. Em décadas passadas, as eleições municipais eram resolvidas de acordo com a política dos coronéis que tiravam sua patente lá na guarda nacional e se tornavam os caciques políticos das regiões, onde tinham lá os seus afilhados por quem faziam favores em troca de votos nas eleições. Coronelismo é coisa do passado, mas nem por isso as regiões ficaram livres dos mandachuvas que, em véspera de eleição, davam para o eleitor um pé do sapato em outubro e o outro depois das eleições, caso ganhasse o seu candidato. Era gente que nunca achava que tinha dinheiro de muito e daí que aconteciam as mortes atocaiadas de rival pra rival.

Na velha cidadezinha de São Francisco, bem às margens do rio que lhe deu o nome, há anos que a família Alvarenga mandava no lugar e nunca teve rivais. Bem, eu disse "teve", porque desde que um tal Pastor Amantino, homem que veio de longe para fundar uma religião na cidade, decidiu se lançar candidato falando para os seus fiéis, a coisa começou a mudar:

— Irmãos! Quem de vocês não tem medo de ser mordido por uma cobra? Com certeza, todos. Mas, pior do que a cobra é a serpente que morde, envenena e mata! A serpente que vos falo é o símbolo do mal! Aquela que tentou Adão e Eva. E sabem quantas serpentes estão espalhadas pelo mundo afora? Milhares! A maioria delas na política! Nenhum político gosta de ser comparado com o diabo, mas todos têm rabo, e preso ainda por cima! Em vez do tridente, usam a caneta! Quer seja para nomear parentes ou assinar cheques que trazem benefícios para si. Pois chegou a hora de expulsar esses demônios do poder e vou começar pela nossa cidade me lançando a prefeito, na certeza de que vou ganhar e transformar este município numa legião! Não numa legião de demônios, mas numa legião de soldados a serviço de Deus! Expulsarei todas essas serpentes, mostrando a todas elas que isso aqui não é o Butantã! Aleluia, senhor! Jesus será meu maior cabo eleitoral!

E seu povo respondia: "Aleluia, senhor!".

Para as eleições daquele ano, o prefeito Lourival, que já tinha perdido a conta de quantas vezes fora prefeito, nomeou para seu sucessor João Damasceno, noivo da sua filha Glorinha. Sabia muito bem o Lourival que João era daqueles boas-vidas que não queria nada com a dureza, passava quase que o dia inteiro com seus amigos a fazer motocross na poeirenta redondeza da cidade. Alvarenga lhe arrumou um cargo na prefeitura para ver se tomava jeito e casava logo com a filha, mas depois do noivado, estava na hora de arrumar-lhe um emprego bom, daí que o lançou como seu candidato e a vereadora Sueli, sempre a mais votada para a câmara, como vice. Há anos que esta vinha aguardando a indicação do seu nome para prefeita, mas ficava sempre para a próxima, e ela se conformava. João Damasceno, quando ia aos comícios, era de falar pouco e deixava seu futuro sogro e a candidata a vice falarem por ele. Já se julgava eleito, para que tanto trabalho? Essa tranquilidade durou até o dia em que as pesquisas começaram a mostrar que o Pastor Amantino chegou a crescer 3% nas pesquisas. Era muito para o adversário de um partido que nunca perdeu eleição na cidade de São Francisco. Todo o partido mais a prefeitura se reuniram em polvorosa quando souberam daquele resultado. O prefeito se perguntando:

— Onde será que o Amantino tá ganhando essa quantidade de voto?

— Mais fácil é explicar como que o João está perdendo. Vai aos comícios, fala dez minutos e acha que fez demais - respondeu Sueli.

— Maldita hora em que eu disse sim no dia em que ele foi pedir a mão da minha filha em casamento! - exclamou Lourival. — Mas isso não fica assim! Ele vai ter de tomar um jeito!

— É o que eu sempre falo, se tivessem me indicado a candidata, a essa hora eu estava trabalhando, indo de casa em casa se precisasse, nem indeciso nessa cidade iria ter! Já pensou ver o nosso candidato perder para um fanático religioso?

— Sueli, com toda certeza isso não vai acontecer porque nunca tivemos adversários à altura para disputar conosco. E nem a popularidade desse pastor de araque me mete medo.

— Continue pensando assim. Se antes de eleito seu futuro genro já é reconhecidamente um peso morto, imagine o que não vai virar São Francisco depois que ele deixar a prefeitura. Isso se, pelo andar da carruagem, até lá ainda existir cidade!

Se Lourival quisesse, poderia dar um jeito naquela situação, mas não. A ladainha era sempre a mesma, estava disposto a correr o risco. Poderia muito bem mandar o seu futuro genro renunciar, nem que ele inventasse uma doença... Enquanto isso, ela já poderia estar em plena campanha! Irritada, Sueli deu um murro na mesa e um grito que assustou todo o pessoal na sala:

— Pois antes que a gente perca as eleições pra esse maluco, antes que a casa caia e eu saia daqui com a cara grande, está tomada minha decisão! Renuncio a essa candidatura, e política pra mim, ó, nunca mais!

O chefe do partido entrou no meio:

— Sueli, o que é isso? Você está sendo precipitada!

— Está decidido e revogam-se as disposições em contrário. Como dizia minha avó, pinto que segue pato, morre afogado. Passem bem.

Ela tomou rumo da porta, por mais que tentassem impedi-la, enfrentou aquela quantidade de homens e, quando se viu lá fora, foi para a pracinha da igreja matriz, se sentou num banco e, olhando a imagem de São Francisco, começou a chorar pelos anos perdidos em busca do ideal de abraçar a carreira política. Abriu mão de se casar e ter filhos para poder fazer o que sonhava pela cidade que tanto amava e ter seu nome gravado na galeria dos imortais como uma mulher que fez acontecer. Dali a pouco, foi abordada por Josué, um velho conhecido de infância que veio logo perguntando:

— E aí, Sueli? Nossa candidata a vice está animada com as eleições?

Ela fez questão de que o amigo visse seus olhos cheios de lágrimas para responder:

— Olha pra minha cara e fala! Ex-futura vice! Ex! Sabia?

Josué foi-lhe como um anjo que desceu do céu para que ela tivesse a oportunidade de chorar, desabafar, falar de sua decepção. Para finalizar a conversa, ele lhe disse:

— Esqueça isso tudo. Não quer ir na festa do peão de boiadeiro de Tombos?

— Sei lá dessa festa!

— Tem todo ano, o pessoal daqui de São Francisco quase todo mundo vai. Nunca foi?

— Estou te falando que perdi quase uma vida inteira metida nessa política e nem sei do que acontece no mundo ao redor! Hoje eu quero é ir pra casa e parar pra respirar, sabe? Pensar no que é que eu vou fazer desta vida. Cansei desta cidade, cansei dessa política, cansei de tudo!

— Ora, Sueli. Se a coisa está assim, ir na festa é uma boa pra modo de poder distrair, botar pra fora esse baixo astral. Vamos, quer uma carona? São uns quarenta minutos de carro até lá.

— Hoje não, Josué. Agradeço o seu convite, fica pra uma próxima.

— A próxima é só no ano que vem. Vai perder uma oportunidade dessas de sair, distrair, dançar um forrozinho? Fica aí o meu convite, vamos?

— Deixe eu pensar até à noite?

Alheio ao racha no partido da situação, Amantino seguia fazendo suas promessas e promessas ao povo humilde.

— Irmãos! Se eleito, prometo construir uma ponte daqui da cidade até o céu! Uma ponte onde ninguém será obrigado a pagar pedágio, pois para se trilhar os caminhos da salvação, a passagem é de graça. Uma vez inaugurada, povos de todos os lugares virão aqui e saberão o que os esperam quando Deus os chamar. Governantes também e, com certeza, guerras não mais existirão, pois estes terão oportunidade de conhecer o paraíso e, se convertendo, abominarão o mal, a cobiça e o pecado. Aí, tenham a certeza, o planeta Terra será um mundo de paz!

João Damasceno achou que foi mais esperto. Uma vez que sua vice havia abandonado a chapa, ele decidiu ir buscar um cabo eleitoral forte e, para isso, foi bater às portas da sacristia da igreja matriz da cidade, importunando o Padre Carlos com uma perguntinha:

— E o senhor, quantos votos já arrumou pra mim?

O padre coçou a cabeça, pediu força e paciência a Deus para não falar uma besteira e deu-lhe a resposta:

— Por acaso algum dia já fui cabo eleitoral de alguém?

— Se foi, eu não sei, mas a coisa anda de um jeito que se o senhor não entrar no meio, eu vou acabar perdendo e o Amantino levando a prefeitura. Durante as missas, na sua homilia, não está aconselhando o povo a votar em mim?

— O altar da igreja não é coreto pra comício político.

— Já pensou se o Amantino ganhar? Olha lá se como prefeito ele não vai querer mandar fechar a igreja, hein, padre?

— Ele não é louco pra isso. O Brasil tem uma constituição que dá liberdade a toda e qualquer manifestação religiosa. Se fizer isso, perde o mandato no dia seguinte.

— É, padre... estou vendo que o senhor anda apoiando ele, sabia?

— Tem prova disso?

— Ora! Não consigo entender como o senhor, justo o senhor, sabendo que aquele sujeito está fazendo cada promessa mais absurda, brincando com a fé do povo, ainda assim fica calado?!

— Meu amigo, nesses anos todos que eu tenho de vida, em época de eleição já vi promessas de políticos piores do que essas. Pior até do que candidato que promete casamento para as moças se ganhar a eleição!

O padre tomou fôlego e continuou:

— João, para te falar com toda a sinceridade, tem horas que eu fico a pensar que não seria ruim se ele ganhasse.

— O Arcebispo pode saber do que eu acabei de ouvir?

— Não só pode como deve. Seria bom para que esses pobres coitados aí percam um pouco da ilusão do que vêm pregando esses fundadores de seita que ganham dinheiro à custa da fé do povo! Quero ver esse povo aprender a escolher em quem votar!

João Damasceno saiu da igreja emburrado com o padre enquanto toda a cidade se preparava para ir à tradicional festa que anualmente se realizava na vizinha Tombos, a alguns quilômetros dali. Toda São Francisco se encontrou por lá, inclusive Sueli, acompanhada do seu amigo Josué, com um sorriso no rosto que nem parecia aquela que, à tarde, estava desiludida da vida. Pois aquele casal de amigos que estava tão alegre na festa, caminhando até de braços dados, deu mais que falar do que a retirada da candidatura de Sueli; o efeito colateral veio depois.

Lá pelas tantas, cansados da festança, estava todo mundo de volta, mas somente quando o dia raiou é que puderam observar um atentado contra o patrimônio histórico: a estátua do São Francisco, símbolo da cidade e que lhe dava o nome, estava com a cabeça decepada.

Nem o atentado do 11 de setembro nos States foi capaz de chocar tanto aquele povo como esse contra o padroeiro da cidade. Era exatamente ali, aos pés daquela estátua, que os pescadores, antes de se lançarem pelas águas do véio Chico, pediam a proteção do santo para que as redes voltassem cheias e que nenhuma embarcação tombasse, senão virariam comida de piranha na certa. O santo decepado começou a provocar os maiores comentários lá na praça.

— Onde já se viu rezar para um santo pela metade? Adianta rezar pro corpo sem saber por onde anda a cabeça?

Foi a conta de alguém falar:

— Isso daí tá parecendo coisa de gente querendo provocar a fé do povo!

Ao que João Damasceno não perdeu a oportunidade de dizer:

— Está na cara que isso aí é coisa do pessoal do Amantino!

Imediatamente o padre lhe passou um sermão, advertiu-o quanto a esse negócio de acusar sem ter prova, mas o candidato da situação não deixou por menos e fez seu comício que tanto queria.

— O povo daquela religião odeia santo, tanto que, podem ver, o Amantino nos comícios nem cita o nome da nossa cidade porque é nome de santo. Aquilo dali é o diabo em forma de gente e está contaminando o povo. Se vocês não se unirem em torno da minha candidatura, aquele fanático vai ganhar!

Quando o assunto chegou aos ouvidos do pastor, pensou logo em processar João Damasceno por calúnia e difamação. Só não o fez porque achou que seria jogar o jogo do seu oponente. Então decidiu o contrário, por conta própria iria bancar a restauração do santo padroeiro como forma de mostrar ao povo que política não se mistura com religião e que ele estava disposto a manter as tradições religiosas na cidade. Para isso, foi até Belo Horizonte, capital do estado, procurou o melhor restaurador e prometeu dali a um mês presentear a cidade com a estátua do santo padroeiro. Dito e feito, no dia marcado a estátua amanheceu coberta, no horário previsto das dez da manhã, finda a missa das nove, o povo aglomerou-se diante do monumento e o pastor bradou:

— Povo de São Francisco! As mesmas cobras e serpentes que tentaram sufocar Jesus Salvador em sua missão se voltam contra mim! Tentaram atribuir à minha pessoa o peso da culpa de ter decepado o padroeiro e ícone da nossa cidade. Entretanto, irmãos, a cada pedra que me atirarem, responderei dando-lhes um pão e, sem esperar pela minha posse... - convidou o padre a descerrar a estátua — aqui está, de novo, o padroeiro desta terra!

Mas, para espanto do povo, o que viram foi um São Francisco sem barba, de rosto mais jovem, sem aquela calvície que diziam ter, o que fez alguém na praça comentar:

— Essa cara, pra mim, é de outro santo!

— Tá mais parecido com Santo Antônio!

— Que horror! Mas a cara é de Santo Antônio!

— A cara de Santo Antônio? Quem falou? - perguntou Amantino, e o padre respondeu:

— Você trocou a cabeça de São Francisco pela do Santo Antônio!

— Isso é uma heresia! - exclamou Sueli.

Apavorado, Amantino tentou se explicar.

— Qual a diferença? Se essa cabeça for de Santo Antônio, ele e São Francisco, um não é a cara do outro?

— Nunca foi! São Francisco é bem mais velho, tem rosto cansado - disse uma beata.

— E mais, São Francisco tinha barba! - exclamou outra.

Notando que a situação não estava nada boa para o seu lado, o pastor ainda tentava consertar a situação:

— Espera lá, meus irmãos... Daí foi culpa do restaurador que eu procurei lá na capital! Peguei uma imagem de São Francisco carregando o Menino Jesus e mandei que ele fizesse outra cabeça igual àquela, nas dimensões da estátua...

— Mas São Francisco nunca carregou o Menino Jesus - disse um homem, completando:

— Amantino, a imagem que você pegou foi de Santo Antônio!

— Com certeza? - perguntou Amantino.

— Absoluta! E, se você prestasse mais atenção, veria que em todas as imagens de São Francisco ele está cercado de animais.

— Essa é boa! E agora quando a gente vier rezar aqui, como é que vai saber se está rezando é pra São Francisco ou pra Santo Antônio?

Quando alguém o chamou de herético e disse que ele havia profanado a imagem do padroeiro da cidade, Amantino não teve outra saída a não ser entrar no carro de um amigo, fugir e ver o povo todo atrás dele gritando:

— Pau nele, pessoal!

Lá na prefeitura, quem tinha ótimos motivos para estar dando boas gargalhadas era João Damasceno. O tiro havia saído pela culatra, seu adversário devia estar longe àquela hora e exclamava consigo: "Não vou ter adversário para me enfrentar nas ruas!".

Em seguida foi Glorinha, sua namorada, quem entrou e interrompeu:

— Daqui a pouco não vai ter mais é saco do tanto que anda coçando! – suspirou, tomou fôlego, entregou-lhe um papel e disse:

— Dá uma olhada!

"POSITIVO" estava escrito no resultado de um exame de laboratório atestando que estava grávida. Esteve para perder os sentidos, mas uma de suas amigas que a acompanhava lhe segurou. João não acreditou e...

— Mas como é que aconteceu?

— Como? Vou ter que te dar aula de educação sexual e te ensinar de onde vêm os bebês?

— Glorinha! Isso é uma loucura! Você nunca podia ter feito isso comigo!

— Eu fiz essa loucura sozinha?

— Você não disse que estava tomando cuidado para não engravidar?

— Se os políticos falham, porque as pílulas também não podem falhar? Só quero saber o que vai ser a partir de agora. Quero casar e já, antes que arrume o maior escândalo nesta cidade!

— Não pode deixar passar as eleições?

— Claro que não, gravidez não espera. E trate de arrumar um jeito logo, antes que eu fale pro meu pai e...

— Tudo menos isso! Se ele sonhar, eu vou acabar tomando posse é de uma sepultura!

E quanto a isso João tinha razão. A família Alvarenga nunca foi chegada a modernismos e para que o prefeito lhe descarregasse o tambor do revólver em sua cabeça por ter levado a filha pra cama antes do casamento, não pensava duas vezes. Inconformado, e sem saber que rumo tomar, João foi se encontrar com seus amigos numa mesa de boteco ao fim do dia e explicou-lhes a situação. Eram quinze amigos para escutá-lo, todos de namorada firme, e um deles deu a solução que tanto queria.

— Olha aí, pessoal! Se o João vai casar, por que todos nós não fazemos o mesmo? Vamos marcar tudo pra mesma data! Crescemos juntos, vivemos juntos, agora vamos casar juntos e fazer a maior festa que "Santo Antônio" já viu!

A turma gostou da ideia, aplauso geral, mas nada disso deixou o candidato tranquilo, e o que iria dizer seu futuro sogro quando soubesse que ele já tinha levado sua filha pra cama? No dia seguinte, a secretária do padre estava agendando quinze casamentos para o próximo mês e nesse mesmo dia seguinte a cidade já comentava: "A cabeça de Santo Antônio veio fazer milagre!". Não demorou muito para que a estátua de São Francisco com cabeça do outro estivesse cheia de papéis, todos eles com pedidos de casamento.

Quando soube disso em seu retiro, o pastor veio a ficar mais aliviado. Imediatamente mandou fabricar miniaturas daquela estátua que estava lá no centro da cidade e, tão logo ficaram prontas, apareceu por lá com uma mensagem nova:

— Povo de São Francisco, aqui estou novamente! A bem da verdade, o meu ato de trazer para o padroeiro da nossa cidade a cabeça de Santo Antônio foi uma missão confiada por Deus, para que todos sejam felizes e cada qual encontre a sua cara-metade! Àquelas que achavam que não tinham mais chances de casamento, podem voltar a se esperançar, pois aqui temos a união de dois santos venerados pelos brasileiros, Francisco e Antônio. Levem para vocês, dois santos em um só! É o santo da paciência e o santo casamenteiro. Isso mesmo, já ouviram falar em *paciência franciscana*? Esse é um santo que vai fazer todos vocês terem paciência para arrumar um casamento.

Sueli acreditou e foi das primeiras a comprar. No mesmo dia, no comecinho da noite, enquanto tomavam um chazinho de fim de tarde na sua casa, Josué lhe disse:

— Dizem que lá no partido não tem outro nome para disputar a eleição.

— E eu quero lá saber deles? Partido bom tá é aqui do meu lado.

— Meu doce de coco! Em vez de tomar posse na prefeitura, toma posse do meu coração, pra sempre!

— Não é de hoje que eu tô cumprindo esse mandato. Só espero não ter uma vice.

— Nunca, meu doce! Nunca! Há quanto tempo eu não já te olhava por esses comícios e pensava: "Ainda vai ser minha rainha!".

— Boba eu de não ter percebido isso antes. Há muito, desde pequena, que eu via seu nome escrito na lâmina da faca que eu espetava no tronco da bananeira em noite de festa junina.

— Tudo tem sempre o tempo certo, meu doce. Uma hora ou outra iria acontecer.

Ela retirou a imagem que comprou do pastor de dentro da sua bolsa e retrucou:

— Precisou Santo Antônio aí pôr o dedo no meio pra acontecer.

— Mas como é que São Antônio pôs o dedo se aí só está a cabeça?

— Ele pôs foi qualquer coisa, o importante é que depois dele aí, encontrei meu fofucho.

No dia seguinte, ambos estavam marcando a data do casamento na igreja e, seguindo o exemplo, mais tantos casais de namorados, pessoas maduras, que largaram o preconceito de subir ao altar por se sentirem com idade avançada. Isso fora o bastante para alavancar nas pesquisas o nome de Amantino pra mais de 50% das intenções de voto. Exasperado, Alvarenga não sabia o que fazer, até receber a visita do seu futuro genro, que chegou berrando:

— Deixe, eu vou desmentir essa farsa! Se alguém tem algum mérito nesse milagre, sou eu, e vou dizer, de uma vez por todas, para toda São Francisco, a verdade sobre a cabeça do santo.

— Você? - perguntou o prefeito.

— Querem saber onde foi parar a cabeça do santo? Está aqui! - exclamou João, abrindo uma maleta e tirando de lá a cabeça decepada de São Francisco.

— Pronto, estão vendo? Fui eu quem cortou a cabeça do santo...

O prefeito chegou a pôr a mão na coronha do seu revólver e berrou:

— Eu não acredito que você foi o autor dessa façanha! Ignorante! Você pode até ser preso por dano ao patrimônio público!

— Eu não podia imaginar que esse pastor farsante fosse botar a cabeça de outro e, menos ainda, que o número de casamentos na cidade ia aumentar.

Antes que pudesse fazer uma bobagem, o prefeito foi até o padre e, com a cara de quem viu uma assombração, disse-lhe do que estava para ocorrer, ao que o pároco não esboçou reação, na maior tranquilidade ficou a tomar sua sopa de batata-doce.

— O povo está seguindo a cabeça de um fanático religioso! O senhor não acha isso nada de mais?

— Pior que isso foi o prefeito, nesses últimos quatro anos, não ter feito nada para que isso pudesse ter sido evitado.

— Mas ainda está em tempo!

— Vamos ser práticos, se o problema todo é essa cabeça que colocaram no lugar da do padroeiro da cidade, amanhã mesmo você manda restaurar a imagem lá da praça...

— Nunca! Admitir que aquela estátua é um cabo eleitoral dele mais forte que os do meu partido vai ser dar a mão à palmatória!

— Então ponha outra imagem de Santo Antônio ali ao lado, deixe que o povo venha venerar os dois santos.

— Venho lhe propor outra maneira de desmascarar o Amantino: o senhor se recusar a celebrar tudo quanto é casamento até as eleições. É nossa única alternativa. Antes, o senhor vai ter uma conversa com o povo, falar que é tudo mito, lenda, crendice popular esse negócio de santo casamenteiro. Vai dizer pra esse pessoal parar e pensar melhor, se é isso mesmo que eles querem, se não estão casando no desespero, então, depois das eleições...

— Está querendo que eu use a minha igreja para te manter no poder?

— Francamente, padre! Pensei que o senhor fosse fazer algo contra um indivíduo que zomba da sua igreja e da fé do povo. Mas não... Fica aí com essa cara tranquila, parece até que está gostando...

— E quantas vezes você também não zombou da fé do povo com suas promessas eleitoreiras? E essa minha cara não é de tranquilidade, é de indiferença, está sabendo? Igual à de milhares de brasileiros que já não acreditam mais em político algum, vão às urnas por mera obrigação. É a cara do povo que já cansou de venerar ídolos de barro que se quebram muito fácil.

— Essa cara é sabe de quê? De incoerente! No altar o senhor prega a sua religião e cá fora é incapaz de tomar qualquer atitude contra um sujeito que, até entre os seus fiéis, cresce feito erva daninha!

— Da religião, cuido eu. Na política, vocês que cuidem dele. Para mim chega!

Não deu outra. Amantino foi eleito com 70% dos votos. No mesmo dia o resultado foi homologado pelo juiz eleitoral e o novo prefeito foi carregado nos braços do povo da cidade. Em seu primeiro pronunciamento na rádio, ele deixou um recado bem claro para o eleitorado e quem mais quisesse ouvir:

— Meus caros cidadãos e cidadãs! Uma vez empossado como chefe do executivo municipal, hei de realizar todos os compromissos que assumi em campanha, sob as graças de Deus, de São Francisco e de Santo Antônio. Converti-me através de vocês! E será com vocês que, juntos, transformaremos este lugar num dos maiores centros de peregrinação do mundo! Se já estamos recebendo romeiros e romeiras de todo o lado do Brasil que aqui vêm em busca daquele amado, ou amada, que preencherá o vazio do seu coração, verão ainda quando começarmos a receber os ianques. Ianques, *come here*! E tragam bastantes dólares para nós! Breve eles estarão aqui aos montes e vão fazer crescer nossa arrecadação! Crescerá também nossa cidade e você aí, garoto de rua, muito em breve dinheiro não vai lhe faltar! Você será guia, cicerone de gringo! Em vista disso, desde já, prometo que meu primeiro ato administrativo será a proposta de mudança do nome da nossa cidade! Em breve será São Frantônio! *Viva São Frantônio!*

Padre Jamelão

Mais gordo que a Dona Redonda de Saramandaia, pele lisa e negra, aquela imensa indumentária preta: olhando de longe ele parecia uma trouxa de roupa, e pra caminhar era uma dificuldade, carregando aquela barriga debaixo de uma batina que nós falávamos que mais parecia um coador de café gigante.

Era o pároco da cidade e seu nome de batismo era José Francisco do Amparo Lopes Almeida Martins da Costa, conhecido por Padre José, mas sem que ele ou qualquer das beatas ouvissem, pra gente era Padre Jamelão. Além desse apelido, havia outros, *fila-boia*, *limpa-trilho*, *desce-tudo*, e por aí afora. Isso porque o padre, fora do horário de missa, não tinha dia e hora para comer o que visse pela frente, aquela barriga grande não era à toa. Ficavam as más-línguas perguntando quanto tempo ele gastava para usar a latrina e quanto será que ele deveria gastar de papel higiênico por mês. Sabendo as beatas do quanto o homem era chegado a uma comilança, numa forma de agradar e puxar o saco, estavam sempre lhe mandando algum quitute saído da cozinha delas.

Na minha infância, naqueles tempos em que a missa era em latim, na hora da celebração parecia que o vigário entrava em transe, de tão sério ficava, garanto que nem pensava em comer.

Eu ia à missa porque meus pais mandavam – senão, depois, tinha castigo – e minha maior lembrança era do momento em que ele dizia *dominus vobiscum*, fechava os olhos e parecia até que um espírito baixava, e eu, não entendendo patavina do que ele falava, imaginava que se tratava de dormir em algum lugar.

Naqueles antigamente, qualquer padre no interior do estado era tão respeitado quanto prefeito, delegado, juiz e por aí afora. Estivéssemos fazendo o que fosse, jogando bola, empinando papagaio, andando numa rua qualquer e encontrasse com ele, tinha de parar e ir lá beijar a mão e pedir a bênção. E o que víamos no quintal da casa paroquial, que tinha uma pequena cerca de arame, não se comentava sob pena e risco de ir para o inferno depois que morresse. Mas entre nós, companheiros de calça curta, como não comentar quando a lavadeira punha as roupas de baixo dele no varal para secar? A cueca samba-canção do vigário bem que parecia uma fronha de travesseiro pelo tamanho, mas o que fazia a gente rir era uma mancha amarela no traseiro da cueca, com toda certeza por causa da pomada hipoglós. E por que não haveria de ser? Com um traseiro daquele tamanho, era impossível imaginar que o padre não tivesse assaduras, e das bravas! Se uma vez um vizinho amigo meu, companheiro de peraltices, levou um tapa na boca de sua mãe porque disse que a batina do padre dava pra se fazer uma barraca de camping, ai então de quem comentasse sobre o samba-canção do vigário! Por vingança, quando chegava a noite, com nossas atiradeiras pegávamos torrão de barro e íamos fazer mira naquele enorme pano branco refletindo a luz da lua. Mas daí era segredo nosso que nem na hora de confessar pra comungar contávamos essa peraltice.

Ele não celebrava a missa diária das sete da manhã antes de tomar seu café. Por isso levantava às seis horas, pois manda a igreja que se deve ficar de jejum uma hora antes da comunhão. Passasse lá em frente da casa paroquial, podia-se ver o homem sentado à mesa com pão, leite, manteiga, frutas, iogurte, biscoitos e tal. Mas ele passava bem era aos domingos, quando, depois da missa das dez, era sempre um a convidá-lo para ir almoçar com a família, e ele ia! Ter um padre almoçando em casa era uma honraria para qualquer um e foi talvez por isso que ele lançou a campanha "Bênção familiar", em que cada dia cismava de ir abençoar uma casa de família na cidade. Chegava lá, reunia o pessoal da casa, fazia uma oração com todo mundo presente, depois saía com um vidrinho de água benta aspergindo todos os cômodos da casa. O curioso é que sempre chegava faltando poucos minutos para o meio-dia, o convite era inevitável:

— O senhor aceita almoçar conosco?

Não precisava nem falar duas vezes, tinha o primeiro prato, o segundo, o terceiro e depois vinha a sobremesa, mais o café e, então, como se diz por aí, *comida no papinho, pé no caminho*, se despedia da família e lá ia embora equilibrando aquela enorme barriga em cima das pernas que quase se arrastavam para andar. Quando lhe perguntavam se almoçou bem, dizia:

— Comi feito um bispo!

Mas a coisa ficou diferente no dia que ele foi almoçar na casa do Zé Pinheiro e a esposa deste, dona Rosa, querendo ser bastante gentil com o ministro de Deus, lhe falou:

— Nos dá muito prazer o senhor aqui. Pode vir almoçar conosco todo dia se quiser, a casa está sempre aberta! - o pior foi que o padre acreditou e achou ótimo, pois os quitutes da dona Rosa, todo mundo sabia, eram os melhores da cidade, tanto que das vezes que o prefeito recebia autoridades, estavam contratados os seus serviços de cozinheira.

Religiosamente, todo dia, o Padre Jamelão estava lá. Sabia que a família se sentava à mesa ao meio-dia, então chegava faltando cinco minutos. Mas não parou com a tal bênção familiar por causa disso, às vezes saía da casa do Pinheiro e da Rosa e lá ia benzer outra casa, e se alguém fizesse o convite, ele assentava e almoçava outra vez. Ou senão as bênçãos eram dadas no fim da tarde, por volta das sete e meia, hora em que as famílias estavam preparando o jantar.

Pois esse negócio de ir na casa do Pinheiro e da Rosa todo dia já estava ficando demais. Chegou uma hora em que a família achou que estava perdendo a liberdade do lar. Ali, não mais se conversava assuntos íntimos quando os pais e filhos estavam reunidos à mesa. Vez ou outra surgia um assunto, mas Padre Jamelão não entrava no meio da conversa, sua hora de mastigar e sentir o prazer do paladar o fazia ficar quieto. A filha mais velha do casal já não levava mais o namorado para almoçar com os futuros sogros com vergonha de que o padre visse os dois darem uns beijos e uns amassos mais afogueados. Rosa ficava com vergonha de chamar a atenção do caçulinha na frente do padre quando ele fazia das suas. O Pinheiro há muito não mais tirava seus cochilos logo depois do almoço, pois, por educação, fazia uma salinha pro padre até que ele decidisse se levantar e ir embora. Trocando em miúdos, a mania do homem de almoçar lá fez da vida da família um inferno, tanto que o próprio Pinheiro disse que ia dar um jeito de acabar com isso.

Chegou um determinado dia em que o vigário apareceu pontualmente, como sempre, viu a casa vazia mas a mesa posta. Foi o Pinheiro quem o recebeu e disse:

— Está todo mundo na casa da minha sogra e eles não têm hora certa para chegar. O senhor fique à vontade, não espera pelo pessoal, pode sentar e almoçar.

Sozinho numa mesa farta com arroz, feijão, frango ao molho pardo, quiabo, angu, farofa e tal... era tudo o que o pároco mais queria! Começou com uma mistura do angu com o feijão, fez aquela papinha e comeu. Depois se serviu do quiabo com mais um pedaço da coxa, tudo regado a vinho. Depois, com o estômago cheio pela metade, notou que almoçava sozinho, e perguntou:

— E você, Pinheiro? Não vai me acompanhar?

Pinheiro olhou para os lados, fez uma cara meio diabólica e sussurrou:

— Não, sô Padre! A Rosa disse que está querendo me envenenar. Eu e ela tivemos uma briga ontem à noite, ela ficou sabendo de umas quengas que eu tenho e nem contei pro senhor nas minhas confissões. Pois o negócio ficou feio! Ela jurou jogar veneno na minha comida. Vai daí que eu vou esperar o senhor acabar de almoçar, se dentro de uma hora e meia não te acontecer nada, eu como também.

O padre nem quis terminar de mastigar o pedaço de frango que estava já na boca. Arregalou os olhos, cuspiu tudo no prato e correu pra fora da casa enfiando o dedo na goela para vomitar o que já tinha almoçado. Escorou no poste de luz e tentou fazer vômito de todo jeito e não conseguiu. Pediu leite quente na vizinhança – que via tudo sem entender nada – pra ver se conseguia liberar a comida do estômago mais rápido. E porque não conseguia, começou a ficar sem ar, suando muito, chacoalhava a barriga e gemia. Pensou que era chegado o seu fim e, de tão nervoso, começou a invocar Nossa Senhora do Bom Parto para lhe dar uma boa hora.

O desespero do homem chegou a um ponto que o Pinheiro viu o quanto tinha sido de mau gosto a sua brincadeira. Tentou falar pra ele que não tinha nada a ver, mas o vigário não acreditou e começou a berrar:

— Te esconjuro por ter me feito de cobaia! Aqui na terra ou no inferno, Deus vai te fazer pagar por isso!

A cidade inteira parou pra acudir Padre Jamelão, que só se acalmou uma hora e meia depois. O que aconteceu a partir daí, não me contaram, mas o certo é que ele parou com esse negócio de bênção familiar em horário de almoço e passou a selecionar a casa de quem aceitaria o convite para almoçar, e dizem ainda que depois disso ele chegou até a emagrecer. Pouquinho, mas emagreceu.

Já faz anos que Padre Jamelão faleceu e é comum as pessoas perguntarem se foi de infarto ou algo em consequência do seu apetite voraz. Nem uma coisa nem outra. Morreu afogado, mas não foi numa banheira como dizem as más-línguas, e sim numa travessia de balsa no Velho Chico em que a embarcação afundou. Seu corpo jamais foi encontrado, com certeza as piranhas do rio passaram bem.

O MEU TIO

Na minha cabeça de criança, imaginava que numa família, entre os irmãos, a morte buscava por ordem de nascimento. Dessa maneira, acreditava que meu pai só iria para Deus depois de alguns anos que o Tio Cesário, seu irmão mais velho, tivesse ido. Daí, estar o primogênito da minha avó com o coração batendo, era sinal de vida para o meu pai. No entanto, depois que a morte levou-o, minha preocupação não foi pelos anos que o papai ainda iria completar, mas para refletir quem fui, anjo ou o demônio, nos últimos anos de vida daquele bondoso senhor.

Também, desde criança, o que mais me impressionava no Tio Cesário era a sua figura simplória, sempre sorrindo para nós, sobrinhos. Vez ou outra nos dava algum trocado que tirava do bolso dizendo que era para comprar bala. Sempre achei que me tratava de forma especial, talvez por ser eu seu afilhado de crisma. Como de costume, foram os meus pais que o escolheram como padrinho para mim. O tio morava em Itabira, a pouco mais de cem quilômetros de Belo Horizonte, e nos momentos em que batia a saudade, eu perguntava:

— Mamãe, cadê o Tio Cesário? Estou com saudades.

Sua esposa raramente vinha à capital, mas quando vinha sempre nos trazia algum presente, pessoa tão simplória quanto o seu marido. Das vezes que fomos a Itabira, não tinha como não ir visitá-lo. Desde a primeira vez, me impressionou o quanto a sua casa era velha e diziam que cheia de ratos, só que eu nunca vira um. Não sei se isso era brincadeira das minhas tias que viveram para testemunhar a sofrida vida do irmão mais velho, e que, infelizmente, não foi lenda.

Tio Cesário, mesmo casado, jamais foi pai. Eu estranhava isso, e por vezes insistia em perguntar se ele não tinha filhos ou, se tinha, porque meus primos nunca quiseram vir nos visitar. Comecei a estranhar também o hábito de sua esposa – das poucas vezes que ela veio a Belo Horizonte acompanhando o marido – de, pela manhã, tomar um banho que costumava durar de uma a duas horas. Pela tarde era mais outra longa chuveirada e, antes de dormir, mais outra que não demorava menos de sessenta minutos. Essa era apenas uma das manias excêntricas de minha tia por afinidade. As outras e piores, eu descobri mais tarde.

Acompanhado ou não, todas as vezes que esse meu padrinho veio visitar a mamãe, quando retornava para sua cidade eu costumava dizer-lhe: "Fica mais, tio", ao que ele me respondia, "E o cartório, como vai ficar?". Foi então que descobri: ele era tabelião. Isso, desde os idos de 1930, quando a velha Itabira do Mato Dentro ainda era um vilarejo aos pés do Pico do Cauê, e meus avós paternos sentiram que era hora de mudar para a capital. Seus sete filhos já adolescentes, ou quase, precisavam estudar, progredir, tomar algum rumo na vida, o que não iria acontecer se continuassem naquele lugarzinho brejeiro. Meu avô, que era tabelião, havia arrumado uma sociedade numa farmácia e, na sua transferência para a capital, com quem iria ficar o cartório? Foi exatamente para o seu primogênito, na época, estudante de veterinária, mas sem muita esperança na carreira.

Diziam também que nos seus tempos de jovem, o tio era beberrão e mulherengo, gostava de uma boa farra à noite, frequentador assíduo da zona boêmia, e as más-línguas falavam mais, que era amigo de quase todas as quengas lá daquela jurisdição. No entanto, não admitia que candidato a cunhado nenhum aparecesse por lá. Bastava ver o namorado de alguma irmã a fazer o mesmo que ele para, no dia seguinte, acusar: "Pai, eu vi o fulano lá na zona, daí não é sujeito para casar com minha irmã." Aquela velha história do *faça como eu digo e não o que eu faço.*

A partir de determinada época, Tio Cesário, de quem tanta saudade eu sentia por morar longe, começou a vir demais à capital. Pensei que isso fosse porque, numa dessas vezes, quando meu pai foi deixá-lo na estação rodoviária, eu disse: "Tio, não some não!". Então, por causa dessa minha crença, todas as vezes que ele se despedia para voltar à sua terra, passei a repetir tal frase, mas tempos depois vim a saber que o motivo era bem outro. Nessas suas estadas pela capital, eu o via na casa da minha avó sempre acordando por volta das dez horas da manhã, de pijama, a perambular pela casa, e lá pela tardinha era hora dele dizer com ar de satisfação e decisão: "Agora eu vou tomar um banho e fazer a minha barba!". Antes do pôr do sol, se arrumava muito engomadinho, sempre com conjunto calça-blazer de linho branco, em manga de camisa e Aqua Velva no rosto. Eu lhe perguntava: "Aonde o senhor vai?". A resposta era sempre a mesma: "Eu? Vou ver os brotos." Dali a pouco saía da casa da minha avó e chegava por volta das quatro da manhã.

Até a minha pré-adolescência não entendia o motivo do seu comportamento, mas comecei a notar quando toda a família passou a se preocupar com os hábitos noturnos do primogênito sessentão da minha avó octogenária. Por diversas vezes via o meu pai acordar no meio da noite a ligar para a casa dela e perguntar: "O Cesário já chegou?". Não, não havia chegado, o que deixava papai irritadiço e, no dia seguinte, lá estava ele às turras com o irmão, chamando-lhe a atenção por estar bebendo demais, tentando convencê-lo a voltar para sua cidade, dizendo que corria o risco de ser demitido a bem do funcionalismo público, que aqueles não eram hábitos para um tabelião de cartório, e outras coisas mais que fazia com que ambos terminassem em uma violenta discussão. Vovó procurava ficar de longe, ia regar as plantas, cuidar do seu jardim, tratar dos passarinhos, queria demonstrar que estava alheia a tudo e não sabia de nada. Mas não, aquela velhinha teve a infelicidade de estar muito lúcida para ver o quanto meu padrinho foi, aos poucos, se entregando ao vício da bebida.

A família logo pensou em tomar uma providência e, tempos depois, Tio Cesário estava sendo internado para curar do alcoolismo. Nesse dia, quando sua esposa chorou, fiquei surpreso. Pela primeira vez vi aquela mulher demonstrar seu amor pelo marido. Dali a um mês, estava de volta; diziam que era outra pessoa. De fato, mais alegre, mais sorridente que antes. A cura fez efeito, mas por alguns anos apenas. Dali a uns tempos voltou a perambular pela noite de Belo Horizonte. Eu, já adolescente, acabei por me tornar uma espécie de cúmplice do meu padrinho.

Anos 60, a televisão mostrava em suas chamadas comerciais que fumar tinha sabor de aventura. As cenas românticas e músicas de impacto dos filmes publicitários sobre o cigarro começaram a me levar àquele hábito comum a todos os meus colegas – claro, tudo às escondidas dos pais. Por que eu ia ficar de fora?

"Dá um cigarrinho aí, tio?" Eu ganhava não apenas um, mas um bom trocado para comprar um maço, pois o que ele fumava não tinha filtro. Soltava minhas baforadas tranquilo, sabia que o tio jamais me entregaria para o meu pai, o tio era de confiança.

Depois que comecei a participar daquelas conversas de adultos – porque antigamente não se falava sobre determinados assuntos na frente de criança – comecei, pelas fofocas de família, a conhecer um pouco das histórias dos nossos antepassados. De uma tia, ouvi:

— Quando papai e mamãe foram lá conhecer os futuros sogros do Cesário, toda a família dela estava na sala e ela no banho. Ficou duas horas debaixo do chuveiro e só depois é que apareceu lá para nos receber. A partir daí eu vi que o meu irmão não ia se casar com uma pessoa normal. Nunca perdoei os pais dela, eles sabiam que era uma pessoa doente, por que não falaram?

Mas com toda certeza o Tio Cesário já sabia, pois por outra prima eu também fiquei sabendo:

— Dizem que ele não queria casar. Nas vésperas, chegou a ficar noites sem dormir.

E o motivo que o levou àquela vida boêmia me foi explicado por outro tio:

— Com a mulher que ele tem, coitado, encontra satisfação é bebendo.

Mas, segundo já ouvi também, apesar de todos os pesares, o Tio Cesário sempre insistia em dizer a respeito da sua esposa: "É uma santa! Um exemplo de mulher." Não sei se para tentar mostrar aos familiares que não havia cometido nenhum grande erro na sua vida ou se tentava tapar o sol com a peneira.

Também quando vamos nos tornando adultos é que começamos a prestar atenção e a observar os hábitos dos outros, a distinguir o que é considerado normal do bizarro. Realmente, é bastante incomum o fato de uma mulher viver quase o dia inteiro a cuidar da sua higiene corporal. Tão logo acordava, ia ao tanque da área de serviço para lavar todas as suas peças de roupa. Depois de tanto esforço físico vinha o seu banho matinal, do qual saía de braços cruzados ao corpo a fim de não tocar em nada e não ser tocada. Estava por demais esterilizada e queria manter-se assim. Mais pela tardinha era hora de tirar as roupas do varal e passá-las não apenas para desamarrotá-las, "O ferro quente tira os germes", dizia. Mas essa não era sua única mania. Quando, em seu aspecto humilde, conversava com alguém, gostava de saber deste se tinha o hábito de comungar, de se confessar, se fulano ou sicrano vivia bem com a esposa e filhos e por aí afora. Sim, era religiosa, rezava um terço na hora que acordava, outro na Hora do Ângelus e outro na hora de deitar. Apesar da vida reclusa, fazia questão de se confessar e comungar nas missas de domingo, dia santo e toda a primeira sexta-feira do mês. Por onde quer que viajasse, levava junto sua maletinha com a farmácia caseira. Tinha remédio para acordar, para controlar pressão alta, contra má digestão, para não provocar diarreias, para diminuir o colesterol e para dormir. Tudo isso foi o bastante para eu entender porque ela e Tio Cesário nunca tiveram filhos e, mais ainda, porque o meu padrinho trocou a vida de pacato cidadão pela de boêmio.

Isso mesmo, boêmio; com certeza suas saídas noturnas seriam para se encontrar com outras mulheres. No mínimo, o tio não estava brincando quando me dizia que ia "ver os brotos". Para mim, estava tudo explicado. Tio Cesário devia vir sempre a BH para levar a mesma vida de boêmio contada pelos poetas e seresteiros em versos e canções, sempre nos bares com a roda de amigos a cantar e tocar uma canção da velha guarda, saboreando a melhor cachaça, uma cerveja gelada ou um rabo-de-galo, ao lado da mulher com quem iria encerrar a noite.

Mal havia completado a maioridade, já sabia que o Tio Cesário seria a minha companhia ideal. Se não se importou em ver o sobrinho fumar às escondidas, com certeza não iria se importar de levá-lo aos cabarés e apresentá-lo às suas amigas que poderiam muito bem gostar de conhecer o sobrinho do Cesário. Com certeza, boas noitadas estavam por vir.

Nunca encontrei as palavras certas para lhe pedir que me levasse junto com ele para a noite. Daí achei melhor segui-lo num certo fim de tarde em que ele saiu da casa da minha avó. Caminhando pela rua a passos lentos, procurei me situar bem distante, de modo que ele não me visse. Iria esperá-lo chegar ao seu lugar de costume e dali a meia hora chegaria também, como se fosse uma tremenda coincidência. Tio Cesário andou uns dez quarteirões e entrou no Bar do Quibe, um singelo botequim do bairro, de propriedade de um turco, nada do recanto boêmio que eu sonhava. Em princípio, pensei que talvez tivesse parado para comprar cigarro, tomar a primeira para não chegar lá na sua turma de cara limpa. Esperei uma meia hora para que ele pudesse sair do boteco para, então, continuar a segui-lo, mas ele não saiu. Resolvi entrar no modesto botequim. Numa das poucas mesas lá dentro, sentado numa cadeira, estava o Tio Cesário, de braços cruzados a olhar para o tempo, uma garrafa de cerveja e um copo de batida de limão à sua frente, vez ou outra levando o cigarro ou uma daquelas bebidas à boca. Cheguei a ficar impressionado com o quanto podia uma pessoa ficar tão solitária numa mesa de bar.

Dias depois, deu-se a coincidência forjada. Entrei no bar e sentei ao seu lado para acompanhá-lo num copo de cerveja. Tio Cesário já conhecia o turco, dono do boteco, e me apresentou como seu sobrinho, deixou que eu pedisse mais outra cerveja e um bolinho de bacalhau. O turco ainda ofereceu pastel com azeitona ou um quibe. Esse encontro se repetiu algumas vezes, e sempre que eu saía, se falava em pagar, ele com voz firme e decisiva, austero, dizia:

— Não! Deixe isso aí! Faça o favor, eu pago!

— Tio, posso levar um maço de cigarros também? – perguntava com cara de inocente.

Tio Cesário não apenas permitia, como até me convidava para, na noite seguinte, voltar lá. Tornei-me o companheiro de noitadas dele, companheiro por apenas algumas horas, tempo o bastante para ir ao bar, tomar minha cerveja com uns tira-gostos e dali a pouco ir embora.

Se o tio pagava, então passei a levar um amigo, mais outro e, aos poucos, formamos um pequeno grupo que frequentava o lugar, onde o Tio Cesário servia como nosso companheiro mudo e calado, apenas para pagar a conta, mas parecia gostar de ter gente na sua mesa. A partir de então, um desses companheiros de bar decidiu levar mais um amigo, que também levou mais outro e esse outro convidou mais gente e não demorou muito para toda a redondeza saber que naquele boteco do turco tinha um velho que pagava a conta de todo mundo. O bar passou a ser mais frequentado, jovens e mais jovens entravam e o máximo que faziam era cumprimentar o *Seu Cesário*. Na hora de sair, um simples olhar para aquele senhor para que ele dissesse: "Deixe aí, eu pago!". Assim, a imagem do boêmio romântico sumiu da minha mente e passei a enxergá-lo como um velho decrépito, um sessentão com a vida em plena decadência, deixando o povo lhe fazer de bobo.

Antes que eu pudesse pensar em acabar com aquele abuso, o meu tio viajou para a Itabira. Foi embora repentinamente, mas não demorou um mês e já estava de volta frequentando o mesmo bar, como também não demorou uma semana para o povo da região ficar sabendo que *o velhinho que paga tudo* estava de volta. Agora cabia a mim acabar com aquela farra. De princípio, pensei até em convencê-lo a mudar de botequim para tomar sua cerveja, queria até mesmo incentivá-lo a ir frequentar a verdadeira boemia da cidade, conhecer outras mulheres, uma vez que a sua era incapaz de lhe dar qualquer prazer, mas sua resposta era não. Determinada noite cheguei a ter ganas de quebrar aquele boteco onde os fregueses passavam bem às suas custas; me aproximei dele, sentado sozinho em sua mesa e tentei levá-lo para casa comigo. Sabia que iria iniciar uma violenta discussão com quem já vivia às turras com os irmãos que o condenavam pelo seu hábito exagerado de se entregar à caipirinha e à cerveja, mas fui eu quem criou aquela situação, tinha de livrá-lo daquilo. Antes que eu pudesse tentar convencê-lo a sair dali, vi quando uma turma de quatro homens fez o sinal característico para o Tio Cesário e ele respondeu que podia deixar, ele pagava. Aí, perdi a cabeça, exigi que todos fossem ao caixa e pagassem suas contas. Meu tio enfezou e mais bravo ainda ficou o dono do bar. Ameacei chamar a polícia, estavam explorando um coitado que não tinha noção da quantidade de dinheiro que gastava ali e acabei sendo expulso por todos do bar, que só não me deram uma bruta de uma sova porque o tio não deixou.

Voltei para casa num tremendo remorso e com uma baita raiva daquela sociedade hipócrita que eu fazia parte. A que ponto podemos chegar com o intuito de obter dinheiro de um homem bom para sustentar nossos vícios e prazeres? Era só nisso que eu pensava.

Dali a uma semana, cheguei na casa da minha avó e notei a apreensão das minhas tias, dizendo que o meu padrinho havia saído pela manhã e ainda não tinha chegado. Sabia onde encontrá-lo, fui até o bar e sua mesa estava vazia. Achei estranho porque havia umas faixas e banners estendidos pelas árvores saudando uma pessoa pelo seu aniversário acontecido na noite passada e o instinto me fez perguntar o que era aquilo. Um vigilante do prédio em frente me disse que na noite anterior tinha havido uma festa naquele bar e que tinha ido até às tantas da noite.

Retornei para a casa delas, toda a família estava ali reunida, ligando para polícia, pronto-socorro e onde mais pudessem para tentar encontrá-lo. Por volta de duas horas da manhã, meu pai, eu, meus tios e primos, depois de percorrer quase todos hospitais e delegacias da cidade, por trás de um sorriso amarelo tentávamos nos convencer de que talvez o Cesário tivesse arrumado uma costela naquela noite. Voltamos para casa e ninguém dormiu. Não o encontramos no dia seguinte, e nem no outro. Então, só me restava uma saída: ir até o seu bar predileto e perguntar ao turco se nesses últimos dias seu habitual freguês andou por lá. Ele disse que não, arregalou os olhos e logo me perguntou:

— Ele voltou para a cidade dele?

— Ainda não sabemos, respondi-lhe.

— Eu preciso saber, e urgente! Toda vez que seu tio vai embora, ele nunca deixa conta pendurada, acerta sempre no último dia. Outro dia ele bancou um aniversário aqui e olha a conta que ele deixou! Quem vai pagar isso além do que ele já estava me devendo?

Disse que não sabia e tomei meu caminho de casa. Encontrei minha mãe dizendo, aliviada, que haviam encontrado o Tio Cesário! Estava internado num hospital como indigente, depois de ter sido atropelado por um ônibus, sofrendo de amnésia e mal reconhecia seus parentes. Depois de ser levado a um hospital particular, dali a dois dias chego na casa da minha avó octogenária e a vejo chorando, dizendo:

— O Cesário foi para o céu.

No seu velório, nenhum dos seus companheiros de copo e de mesa. Desde sua morte até hoje fico a pensar se entre todos os sobrinhos fui o bom ou o mau. Coloco os pesos e medidas na balança, vejo que fui um demônio ao abusar da inocência do tio, claro que havia sido eu o culpado de ter lançado aquela moda dele pagar a conta do pessoal. Por outro lado, pendia a balança a meu favor ao pensar que, graças a mim, toda aquela companhia que ele teve no bar o fez sentir-se feliz e pai de uma grande família que nunca teve.

Numa certa noite em que a saudade bateu mais forte, voltei sozinho ao bar do turco para lembrar a presença do tio. O lugar estava fechado e lacrado com uma certidão da justiça. O turco havia falido.

Seu Botelho

É certo dizer que ele era uma pessoa sem maldade, ou que com os velhinhos a gente precisa ter mais paciência, mas que era difícil ficar perto do Seu Botelho no alto dos seus 82 anos, isso era. Seus netos, não é que não gostavam dele, odiavam ficar perto do avô, e seus pais ficavam tristes com a situação, mas nada podiam fazer, não tinham muito que dizer às suas crianças, pois eram eles, os próprios filhos, que evitavam contato com o pai-avô. Nem mesmo quando o vovô ia reclamar: "Seu filho está faltando ao respeito comigo! Nos meus tempos de criança a gente tinha o maior respeito pelos mais velhos, eles falavam e ninguém retrucava!", não ligavam muito, pois ai daquele que dissesse que os tempos de hoje são outros.

No passado ele foi combatente da FEB, teve grande atuação nas batalhas em que participou, de maneira que, quando retornou vivo e sem nenhum arranhão, o governo lhe deu um alto cargo numa repartição federal. Tal encargo não permitiu que fizesse uma tremenda fortuna, mas juntou o bastante para construir na sua cidade o sobradão de dois andares onde ele e a esposa Odete criaram seus dez filhos. Todos se casaram, alguns continuaram na cidade, três foram para a capital e um se mudou para o exterior.

Aquela era uma família comum e bastante unida. Os irmãos eram muito próximos e nunca deixavam de passar o fim de semana na casa dos pais. Mesmo aqueles que moravam na capital, em um feriado mais prolongado estavam de volta à terra natal. Era uma festa total o encontro de filhos, filhas, primos, primas, tios, tias, genros, noras. Dona Odete fazia do domingo um dia de festa, preparava a macarronada com carinho, assava a carne, que temperava com antecedência, deixando-a no ponto e a geladeira sempre cheia de cervejas e refrigerantes para animar o dia de visita da família.

Para os netos ela tinha um pote de vidro, sempre cheio de caramelos, puxa-puxas e bombons, e nunca deixava de fazer o bolo de milho que todos adoravam. Com os genros e as noras era delicada e carinhosa, tanto que a chamavam e tratavam como mãe. Aquela seria uma família modelo não fosse o velho Botelho ali pra atrapalhar.

Praga de velho irritante. Ele era cheio de manias e maus costumes que incomodavam, irritavam, deixavam nervosa a pessoa que estivesse perto dele. Não tinha bons modos, falava o que não devia e sempre na hora errada. Bastava ver algum grupinho conversando para ir contestar o assunto, seja lá qual fosse, dar uma opinião sempre contrária à dos demais. Ou então dar início à discussão de um assunto em que só ele falava e ninguém mais, até que o pessoal fosse se retirando e o deixava conversar sozinho. Queria sempre contar de seus feitos heroicos na Segunda Guerra, mas nunca encontrava quem quisesse escutar.

E o pior de tudo era o comportamento dele. Quando estava à mesa, no meio de uma refeição, tirava a dentadura e coçava o céu da boca pra depois dar um sorriso todo banguela. A família, que parava de comer, com os garfos suspensos no ar olhava incrédula. Ele via a censura no olhar de todos e dizia:

— Que é que tem gente? Se tá coçando o que é que vocês querem que eu faça?

Punha a dentadura de novo e voltava a comer como se nada tivesse acontecido. Almoço ainda na mesa, um a um se levantava dizendo estar satisfeito, que havia tomado café tarde e estava sem fome ou dando qualquer outra desculpa para deixar a comida. Os pratos ficavam quase sempre cheios, e grande parte da comida que dona Odete preparava com tanto carinho era jogada fora. As crianças iam para o quintal brincar e os pais para a sala conversar sobre a semana que haviam tido. O velho se esticava no sofá, fazendo os filhos trazerem cadeiras da cozinha para terem onde sentar e quando a conversa deles começava a ficar animada, ele pegava no sono, logo estava roncando alto e atrapalhando a conversa. Os filhos iam se levantando para ler um livro, dormir um pouco ou fazer qualquer outra coisa longe dali. O velho dormia um longo sono e quando acordava ia para o quintal brincar com os netos. Alguns minutos depois eles estavam todos na frente da televisão, tinham desistido de suas brincadeiras.

Se um dos filhos tinha de levar o velho até algum lugar, fazia por pura obrigação e muito contra a vontade, pois sabia que ele o deixaria em situações constrangedoras. Como quando o velho chegava a um ponto de ônibus cheio de gente, sempre enfiava a mão nas calças e começava a coçar o saco. Dentro de um elevador lotado dava um peido estrondoso e dizia:

— É a feijoada que comi. Ela sempre faz isso comigo. Não dá pra segurar.

Enfim, sempre que saía de casa, nunca deixava de fazer quem o acompanhava passar por essas circunstâncias inconvenientes, por isso não mais o levavam a lugar nenhum. Então ele decidiu sair sozinho, e vez ou outra que fazia suas caminhadas matinais, não raro arrumava um problema. Às vezes entrava numa mercearia para observar os preços e reclamar que tudo estava caro, chamava o dono de ladrão, e certa vez ouviu de um deles:

— Ô velho! Você tá cumprindo hora extra aqui na terra, já devia estar no formol há muito tempo! – aí então Seu Botelho queria brigar, mandava o sujeito falar com ele dessa maneira lá fora se fosse homem, pois não era de levar desaforo pra casa.

Situação semelhante se visse um casal de namorados beijando-se na praça, ou alguma garota de roupa mais decotada, então era hora de querer dar lição de moral, falar que as garotas de hoje viraram tudo umas prostitutas, mulher nenhuma mais se dá o respeito. Constantemente, algum dos seus filhos era chamado em casa ou no trabalho para dar um jeito no pai. Tentaram proibi-lo de sair de casa, ele berrava:

— Não sou bandido para ficar preso! Ainda estou em pé e vou pra onde eu quiser!

Chegou a hora em que não deu mais. Os filhos se reuniram para discutir o que fazer com o pai, que a cada dia se tornava um problema maior, e, ainda que difícil, a decisão unânime foi de colocá-lo em um asilo numa cidade ali perto, pois onde moravam não tinha um no qual os anciãos eram bem tratados. Para onde Seu Botelho foi levado, parecia mais um sítio, com toda assistência médica e psicológica necessária aos velhinhos. Para dar tanto conforto a ele, os filhos se cotizaram, e por mais que tentassem convencer o pai de que seria melhor para ele, ouviam:

— Por que não me enterram vivo de uma vez, se querem ficar longe de mim?

Dona Odete, mesmo sendo contra a ideia dos filhos, teve de aceitá-la, pois sabia que eles não podiam mais aturar as manias do pai. Tivesse ela forças para mandar, fosse uma mulher firme em suas decisões e não uma esposa tão submissa, até tentaria domá-lo. Mas não, ela veio de uma geração em que as mulheres foram criadas para serem mães, donas de casa e não contradizerem os maridos. Quando via as suas filhas em discussão com o marido pelo assunto mais banal que fosse, ficava a pensar por que não fora assim, firme em suas decisões, lutando para que o único homem que amou continuasse ao seu lado naquele seu final de vida. No dia em que Seu Botelho foi levado para o asilo, fez questão de não se despedir da esposa, disse que ela estava dando graças a Deus por ficar livre dele.

Ela foi viver com uma das filhas, no décimo andar de um prédio construído exatamente sobre o local onde na sua juventude foi uma escola de freiras e cursou o colegial. Isso naqueles tempos em que a rua era despavimentada, o meio de transporte da cidade era a carroça, e foi naquela mesma escola que, em certo dia, finda as aulas, o Botelho apareceu trazendo-lhe uma rosa e um bilhete convidando-a para namorar com ele. Já se conheciam desde garotos na missa dominical e das vezes que as tradicionais famílias da cidade se reuniam na casa de alguém para rezar o terço.

Agora, morando com a sua filha em apartamento, lá de cima, da janela do seu quarto, ficava a ver ao longe o sobrado onde morou durante anos, vazio e com as luzes apagadas durante a noite, escuro como um túmulo em meio àquelas construções. Na verdade era um túmulo onde estavam sepultadas as lembranças de toda a sua vida.

Em seus tempos de garota foi aquilo que se chamava de mocinha casadoira. Seu namoro ficou escondido até às vésperas da convocação do Botelho para a guerra; as famílias se reuniram numa vigília de orações por aquele bravo jovem que estava indo defender o Brasil contra o eixo. Na frente de seus pais ela fez a seguinte promessa:

— Botelho, vá e vença! Juro que se não voltar, não serei de mais ninguém, ficarei viúva sem a gente ter se casado e prometo que nunca mais terei outro namorado.

Quando o jovem pracinha retornou vitorioso, foi recebido na cidade com as honras de herói e no mesmo dia prometeu casamento à sua tão adorada. O pai da noiva, juiz de direito na época, fez questão de que a recepção do matrimônio acontecesse de modo que toda a cidade participasse e quem foi nunca mais esqueceu. Mandou abater três bois, encomendou três barris de vinho da capital e convidou as mais altas personalidades do estado, entre prefeitos, deputados, desembargadores.

A grande surpresa para Odete aconteceu à noite, depois que a festa acabou, sozinhos no quarto da fazenda do seu pai. Ela se preparou para dormir com um homem na mesma cama a partir da primeira noite de núpcias, cresceu pensando que um bebezinho se compra em alguma loja, mas sozinhos e na intimidade de recém-casados, ele lhe explicou como se dá o milagre da concepção. Ela duvidou, imaginou que tivesse se casado com um anormal que já na primeira noite fazia insinuações de querer ficar nu ao seu lado, pensou em querer fugir para a casa da sua mãe e dizer que o Botelho era um maníaco. Mas mudou de ideia quando ele, aos poucos, lentamente foi tocando e acariciando-a de tal maneira que lhe despertou os sentimentos. Por mais que sentisse estar pecando com aquela satisfação sexual aos toques do marido, passou a pensar que mais valia a pena uma hora de prazer do que uma vida eterna no paraíso. A partir do momento em que ele a despiu e ambos se viram nus e com os corpos colados, não mais pensou em religião, em ideologias, em nada! Percebeu que era um ser vivo como todas as mulheres e tinha direito de sentir prazer. Foi Botelho quem lhe ensinou o que é o amor, pela manhã também costumava presenteá-la com flores e não raro a mimoseava com uma joia.

O resultado da farra daquela noite não demorou a aparecer. Dali a nove meses estava nascendo sua primogênita. Ao se ver mãe, que uma vida saiu de dentro da sua barriga, poder dar-lhe o seio para amamentar, Odete se sentiu tão realizada, embora sua mãe e seus irmãos estivessem comentando que ela se entregou de modo muito rápido ao marido. Ela pouco dava importância à conversa de terceiros. Era uma mãe de família, o que lhe importava dali em diante era o bem-estar do recém-nascido e dos outros que com certeza viriam mais o seu marido. Passado o período de quarentena, queria ela já ter outra daquelas noites amorosas com o cônjuge, cheia de amor para dar. E por isso os filhos foram nascendo em série, ano após ano.

Depois do quinto rebento, sete anos de casados, ele não mais demonstrava aquele amor tão carnal quanto de antigamente. No momento em que iam para a cama, depois que as crianças todas estavam dormindo, ele parecia fazer algo de modo a satisfazer a esposa, mas não sorria mais com tanta satisfação feito antes. Sabia apenas que Odete gostava daquele momento de intimidade, mas não chegava a perguntar se ela queria naquela noite. Daí que foi ficando uma coisa corriqueira e aos poucos foi perdendo a graça. Mas se esquecia de tudo quando sabia-a grávida e que mais um neném estava a caminho.

Chegou certa época, porém, que o Botelho se desinteressou por ela, não mais tinham aqueles momentos tão íntimos. Passou a chegar mais tarde em casa, saía do trabalho e dizia estar indo encontrar seus amigos. Se ela reclamava, ele tinha resposta na ponta da língua:

— Sou um homem que trabalha o dia inteiro e ponho dinheiro nesta casa, será que não tenho o direito de me divertir?

Diversões que às vezes se estendiam até longas horas da madrugada. Vez por outra chegava em casa com algum perfume estranho, hálito cheirando a álcool, deitava na cama com a roupa do corpo e dormia sem se lavar. Tão logo o dia amanhecia, Odete era obrigada a fazer o marido acordar para ir ao trabalho, preparando-lhe o banho, mais o café da manhã e a roupa que iria para o serviço. Começaram a chegar a seus ouvidos murmúrios de que seu marido fora visto em casas de mulheres de pouco respeito, o que a levou a pedir conselhos para as amigas sobre o que fazer. Uma delas lhe disse:

— Homem é tudo desse jeito, Odete! Será que você não sabia disso não? Na minha primeira noite de casada fui dormir sozinha e o meu ficou na farra, chegou no dia seguinte e estava com trinta graus de febre. Foi a conta de ficar bom pra botar as manguinhas de fora. Eu só cuidando dos filhos. Sorte a sua que ele deixou para ficar mais sem-vergonha depois de velho.

Mas a gota d'água foi no dia que Odete descobriu uma mancha vermelha, parecia batom, na lapela da sua camisa, ele se irritou:

— É vinho, Odete! O que está pensando, fala?

Ela não respondia nada. A resposta que precisava buscar para si era o que fazer da sua vida ao lado de um homem que, com toda certeza, não mais a amava. Sentia uma tremenda carência, uma vontade louca de ter nos braços aquele que a ensinou o que é o amor. Amor que não existia mais, certamente, pois agora ela era uma mulher que o tempo deixou de cabelos brancos, rugas antes pequenas passaram a desenhar quase todo o seu rosto. Não tinha mais a cinturinha fina, as pernas cheias de varizes ficavam-lhe cada dia mais pesadas.

Mas a facada no seu coração aconteceu quando lhe chegou uma notícia que talvez a chocou mais do que se, nos tempos da guerra, tivesse recebido o aviso de morte do jovem Botelho. Comentários aos montes de que seu marido tinha uma segunda mulher já não lhe era mais novidade. Não sabia se era exagero que ele costumava passar na casa da outra após o seu expediente. Não queria perguntar a ele o que era mentira ou verdade, pois sabia que ele iria negar, ou então iria reagir de forma agressiva, dizer que não era assunto dela e tal. Odete tinha vontade de pegar os filhos e ir embora com eles para a casa dos pais, mas não seria seu pai quem iria sustentá-los. Agora, sua sina era viver ao lado do marido, procurando dar o máximo de atenção para os filhos, ao menos Botelho nunca deixou faltar nada em casa, um grão de arroz que fosse. Todos os filhos estudaram em escola particular, tiveram roupas melhores que qualquer dos seus primos, até brinquedo importado que, na época, era mais difícil de ganhar do que uma estrela do céu. Alguns sabiam das travessuras do pai fora de casa, mas não tinham coragem de chamar-lhe a atenção, estariam arriscados a levar umas palmadas. No mais, pelo pai tão formidável que tinham, valia a pena adulá-lo antes que decidisse de vez abandonar a família e ir viver com essa outra.

A notícia derradeira, porém, começou a aparecer a conta-gotas, de que Botelho seria pai pela décima primeira vez e primeira com a sua segunda mulher. A partir de então ele se tornou um sujeito irritadiço, vivia a ter explosões de mau humor com toda a sua família e, graças à sua autoridade dentro do município, tinha tudo para expulsar a amante da cidade com o filho na barriga. Mas foi exatamente Odete quem não permitiu. Numa certa tarde chegou ela no serviço do marido, antes de entrar na sua sala escutou-o ao telefone, falando aos berros não apenas por causa do seu humor, mas pela ligação tão ruim, ordenando ao seu interlocutor que fizesse a sua vontade. Era um filho adulterino do seu marido, mas era um filho, uma criança que estava por vir ao mundo e não tinha a menor culpa das aventuras do pai. Ela, mãe de uma dezena, teve compaixão não apenas dessa criança, mas da mãe. Tão logo o marido desligou o telefone, ela entrou na sala, munida de toda a sua coragem e lhe disse:

— Botelho, não adianta mais me esconder o que todo mundo sabe. De maneira alguma vou permitir que você judie de uma criatura que ainda não nasceu. Ora, você ama ou amou a mãe dela! Por tudo o quanto é sagrado, ainda que eu não queira ver a cara dessa dona, deixe o menino nascer e dê a ele tudo o que seus outros filhos também tiveram. E assunto encerrado.

Naquele mesmo dia, na hora de dormir, foi a primeira e única vez que Odete viu seu marido chorar. Ele soluçou e, em lágrimas, pediu desculpas à esposa por ter sido um marido tão sem-vergonha, disse que não a merecia e tampouco os seus filhos. Sentia-se um canalha e não imaginava que a esposa fosse perdoá-lo. Ela respondeu:

— Eu não falei que te perdoei, eu só não quero ser a responsável pelo abandono de uma criança. Ainda que seja filho do meu marido, expulsar ele e a mãe da cidade é tapar o sol com a peneira, deixe ele aí. É um ser humano como qualquer um de nós e que não pôde escolher o berço onde nascer.

— Mas você me perdoa? – perguntou Botelho.

Odete não respondeu, apenas puxou as cobertas, apagou o abajur e virou-se para o lado. Ele não insistiu. Deitada em sua cama, ficou a relembrar de quando o primeiro filho do casal nasceu. Tão logo se descobriu grávida, Botelho falava pelos quatro cantos que haveria de ser um menino e levaria o nome do seu pai, Afonso. Se ela sugeria um nome feminino, caso viesse uma menina, ele era ríspido em dizer: "Quero nem cogitar disso! Vai ser homem!". E seu desejo concretizou-se. No dia do parto, ao sentir as contrações, Odete se sentou numa bacia de água quente e, no momento em que precisou fazer força para que a criança saísse, chegou a puxar o bolso do marido a ponto de rasgá-lo. Ao ver que era um varão, no estado pós-parto em que estava, não teve ânimo para dar um beijo no filho. Mesmo porque seu marido quase não lhe permitia carregá-lo a não ser na hora de lhe dar o peito. Estava tão entusiasmado com o primogênito, homem, varão, não fazia outra coisa a não ser acariciá-lo. Dizia que seria um grande advogado, de outra vez falava que seu filho ia ser médico ou então militar, mas não acertou em nenhuma das previsões, o máximo a que Afonso chegou foi gerente do supermercado do seu sogro.

Depois dele foi a vez de Sarah e Raquel. Botelho não demonstrou aquele entusiasmo pelas garotas como no nascimento de Afonso, mas não deixou de mostrar o quanto estava feliz. Felicidade maior foi da própria Odete que teve naquelas filhas as melhores companheiras, criou-as para serem donas de casa, habilidosas nos trabalhos manuais, administradoras das despesas do lar e cozinheiras de mão cheia. A primeira se casou com um cirurgião-dentista que ficou famoso e a segunda com um rico corretor de imóveis que mais tarde a colocou como sócia nos seus negócios.

Botelho agora estava para ser pai de uma criança predestinada a ser odiada. Talvez a mãe pensasse que ter a criança seria uma maneira de segurar o amante. Talvez Odete tenha pensado o mesmo: teve aquela quantidade de filhos imaginando que era a melhor forma de fazer com que o marido não se afastasse da família.

Ela não teve mais notícia do destino do filho ou filha do seu marido, fruto da aventura extraconjugal. Ele não lhe disse nada, mas pelo menos ficou mais sossegado das suas farras noturnas e se tornou um homem mais caseiro, porém taciturno, e só voltou a falar na sua aventura extraconjugal depois da terceira idade, quando começou a perceber que não lhe davam mais ouvido, sentia-se um velho a falar sozinho pelos cantos. Queria contar para os netos da sua participação na Segunda Guerra mas nenhum deles queria escutar.

Anos depois, longe dele, mesmo sendo muito bem tratada e tendo a companhia dos netos que amenizavam o seu sentimento de solidão, nada substituía a ausência do velho Botelho. Sentia saudades de suas neurastenias, havia se acostumado com aquilo, já fazia parte da sua vida. Queixar-se com os filhos seria quase que passar um atestado de insanidade. Ainda assim teve uma vez que reclamou em poucas palavras: "Saudades do meu velho". Agora frequentava mais os encontros de família e casamentos de parentes. Antes não ia porque seu Botelho dizia ter ojeriza a casamentos, e radicalizava: "Esse povo casa pra quê? Daqui a pouco estão separando, eu não quero ir lá ver essa palhaçada!". A cada vez que ia visitá-lo sentia que ele se deteriorava cada vez mais, irritadiço como nunca a reclamar da família e da esposa, perguntando-lhe porque permitiu que o internassem. Chegou o dia em que ele não queria mais ver ninguém, tampouco a Odete, trancava-se no quarto e ameaçava se suicidar caso não fossem embora.

Ainda assim, com toda chatice, sentia falta da companhia do homem que por tantos anos tivera na sua vida. Daria tudo para estar novamente ao seu lado e a depressão levou-a para a cama, dali a alguns meses faleceu. Diziam que tinha morrido de velhice, mas na verdade o que a levou foi a grande tristeza com que foi atingida pela ausência do seu querido companheiro de toda uma vida.

O velho pai foi esquecido no asilo até que também chegou a sua hora, ficou meses numa cama de hospital e mal falava. Das poucas vezes que balbuciava alguma coisa era perguntando pela sua querida Odete que ele tanto amava. Foi assim até chegar a hora final. Depois de morto, seus filhos passaram a se ver menos e hoje já não se pode afirmar que exista, de fato, uma família. Os netos cresceram afastados uns dos outros e depois que se tornaram adultos foram mudando de cidade, se casando e não se encontraram mais. Tudo acabou.

SENTIMENTO DE CULPA

— Tia Rebeca está morrendo!

Irmãos e sobrinhos já esperavam por isso e naquela noite tinham ido para sua casa, a fim de estarem juntos da irmã, tia e cunhada querida na sua hora final. Ao entrarem no quarto, ali estava a velha senhora com os olhos semicerrados e feição mórbida. Bernardino, que era médico, colocou seu auscultador sobre o peito da irmã, onde dois volumosos seios quase saltavam do decote da camisola, e constatou sua morte, dizendo:

— Coitada, sofreu muito em vida, esperando aquele excomungado do Inocêncio!

— Por favor, nunca mais diga o nome desse homem! – berrou Dulcídia, provocando espanto nos presentes.

A seguir, aproximou-se do rosto da irmã falecida e balbuciou: "Me perdoe pela sua infelicidade, Rebeca!". Retirou-se do quarto, chorando, enquanto as outras irmãs e cunhadas foram lavar o corpo, conforme rezava a tradição dos antigos. Dulcídia não queria o consolo de ninguém, se retirou para a sala de estar onde, sozinha, ficou a rebuscar na memória o que foi a trajetória da vida de Rebeca.

Seu pai, Coronel Santiago, herdou mais de três mil alqueires de terra cultiváveis e uma boa soma de escravos. Com as negras da senzala perdeu a conta de quantos filhos fez, mas com sua legítima esposa, essa sim foi uma prole batizada na igreja matriz com o seu sobrenome, quase que um rebento atrás do outro. Durante sete anos consecutivos, dona Vitória Doroteia foi obrigada a suportar as dores do parto para dar à luz, em primeiro lugar, à Rebeca; depois, vieram Ana Maria, Raimundo, Bernardino, Pedro, Dulcídia e o caçula Bento, que levou este nome porque já nasceu predestinado pela família a ser padre. Aliás, quase todos os filhos do casal, desde os primeiros dias de vida, já tiveram o seu futuro traçado. Rebeca, por ser a mais velha, seria quem cuidaria dos pais quando estivessem idosos, além de ajudar na educação e criação dos netos que o Coronel e Vitória viessem a ter. À Ana Maria e Dulcídia caberia o destino de serem mães. Raimundo seria o tão sonhado homem das leis que o pai queria ver formado em direito na Faculdade de Ouro Preto. Bernardino seria médico. Pedro, por sua vez, deveria continuar na fazenda, tomando conta dos negócios do pai e, como já dito, Bento seria padre: "uma forma de agradecimento a Deus pelos filhos saudáveis", tentava convencer a si mesma dona Vitória Doroteia.

Os maridos para as mocinhas casadoiras foram escolhidos a dedo, deveriam ter na árvore genealógica ancestrais de ilibada conduta e notoriedade. Assim foi o primeiro, de Ana Maria, o escolhido foi José de Arimateia, filho do Coronel Alonso Furtado, outro grande e próspero latifundiário da região, que, com certeza, seria o sucessor do seu pai nos negócios. Num sarau acontecido na fazenda dos Santiago, Ana Maria foi apresentada ao seu futuro marido. Durante a festa, Dulcídia dizia para si a todo instante, "o próximo noivado será o meu!", ao passo que Rebeca procurava esconder sua tristeza por ter lhe sido escolhido o destino de ser titia e companhia dos pais quando estivessem idosos, nada mais. A jovem submissa era produto da sua época, o Brasil do século XIX e, principalmente, da sua tradicional família mineira, chefiada por um pai prepotente. Logo ela que tinha mais facilidade que as irmãs de costurar, fazer crochês, tecer longos bordados, cozinhar iguarias, tudo o que um marido espera de uma boa esposa, pensava consigo, "por que tinha de ser eu?". Caso quisesse se ver livre daquele futuro já traçado, talvez o melhor seria ir viver numa casa de mulher-dama, mas sua religiosidade não permitia tanto.

Meses após o casório, Ataliba Bezerra, um farmacêutico que também fazia as vezes de médico, instalou sua botica na cidade e, depois de curar Santiago da picada de uma cobra cascavel, poupando-lhe a vida, o latifundiário tomou-o por seu afilhado, ajudando-o a ampliar sua loja e sempre mandando-lhe clientes. O então conhecido Doutor Bezerra era homem bem-apessoado, de traços finos, bastante cortês, irradiava simpatia por onde passava. Muito cavalheiro com as donzelas e senhoras da cidade, impressionava também pela sua solidariedade com os mais pobres, atendendo-os de graça. Observando-o, Santiago logo pensou: "É o genro que estou procurando." Pronto, já havia o futuro marido para Dulcídia.

O pedido de casamento seguiria a mesma rotina: um sarau, uma festa, em que os futuros nubentes se conheceriam e formalizariam o pedido. Marcada a data, Rebeca não teve sossego. Próxima de completar 25 anos e naquele tempo as mulheres com essa idade que ainda não haviam se casado, não casavam mais, queria a todo custo mudar aquela situação, sem criar atrito com seu pai, seu tirano. Levou para o seu quarto uma imagem de Santo Antônio e diariamente pedia-lhe para transferir-lhe o prometido da sua irmã, e ainda, pelo sim e pelo não, caso o santo casamenteiro não atendesse ao pedido, apelou para as mandingas da Nêga Mafuá, uma escrava alforriada que morava na cidade e, segundo as más-línguas, era macumbeira e mestra em magia negra. No dia do noivado, Rebeca fez questão de se aparentar de maneira tal que chamasse mais atenção do que a irmã. Reforçou a maquiagem no rosto e colocou uma rosa no cabelo, o que fez sua mãe se zangar:

— Minha filha, quem põe flor no cabelo é mulher-dama, queira se dar ao respeito!

Mesmo sem a rosa, macumba ou não, no dia da festa, hora do sarau, foi Rebeca quem o Doutor Bezerra escolheu para dançar a valsa, impressionado pela sua beleza e simpatia. Inconsolada, Dulcídia balbuciou para Chiquinha, filha de uma escrava criada pelos seus pais e que cresceu junto com ela e as irmãs: "Era eu quem ele deveria tirar." E mais ao fim da festa, ocorreu o inesperado, o farmacêutico pediu ao pai a mão de Rebeca em casamento.

Fim de festa, os convidados já haviam se retirado, Santiago perdeu o sono ao ver que tudo saiu ao contrário do que planejou:

— Mas você não disse para o Doutor Bezerra que era a Dulcídia quem escolhemos para casar com ele? – perguntou dona Vitória.

— Pra mim ele já sabia! Do tanto que falei pra ele da minha filha mais moça, será que não teve o tutano suficiente para ver que era a Dulcídia?

— E agora, o que nós vamos fazer?

— Voltar atrás é que eu não vou, ou isso aqui vai ficar parecendo casa de mulher-dama em que um vem, dança com uma filha minha e acaba com outra. Agora deixa do jeito que está, a Dulcídia fica com a gente e a Rebeca se casa.

Dulcídia ficou inconsolável. Ela que acompanhou com enorme alegria a gravidez da sua irmã, já fazia mil planos para o dia em que tivesse o primeiro filho, de repente, numa noite, aqueles sonhos desapareceram como fumaça. Agora, condenada, obrigada pelo resto da vida a cuidar dos pais. Até o dia do casamento da irmã, também sem que ninguém soubesse, por diversas vezes visitou a casa da Nêga Mafuá, a fim de encomendar-lhe mandingas capazes de fazer o matrimônio não acontecer e, assim, voltar a ter o destino que lhe fora traçado, casar.

Nêga Mafuá não titubeava e, guardando silêncio de que antes havia sido procurado por Rebeca, dizia-lhe:

— Deixa comigo, minha filha, que suncê inda vai tá bem casada.

E eis que chegou o dia do casamento. A capela da fazenda estava adornada com rosas de todas as cores e quando a noiva entrou, arrastando o véu que devia medir três metros, a irmã frustrada não se conteve, abandonou a cerimônia e foi para o seu quarto chorar. Nêga Mafuá havia lhe enganado, estava tudo perdido, não iria mais realizar seu grande sonho.

Finda a cerimônia, foi servido um lauto banquete a todos os presentes e uma orquestra de câmara abrilhantou a recepção. Determinado momento, o casal se retirou para um dos quartos da imensa fazenda, estava na hora do momento íntimo de ambos, a festa ficou lá fora com os convivas que se esbaldaram até altas horas da noite.

Tão logo o dia amanheceu, ainda meio inebriado pelo vinho que bebeu na noite anterior e deitado em sua cama, Santiago pôde escutar os passos de alguém do lado de fora do quarto, caminhando apressado, eram passos de botas pesadas, provocando enorme estrondo naquele assoalho de madeira. Percebeu também que essa pessoa foi até o terreiro, selou um cavalo e disparou pela estrada afora. Sentindo a cabeça mais pesada que o corpo, levantou-se, foi à cozinha, pediu à negra Chiquinha que lhe preparasse um chá de boldo para curar a ressaca e não se furtou a perguntar:

— Quem foi que acabou de sair aí nessa correria?

— Única pessoa que vi por aí foi o Doutor Bezerra, nhô Santiago.

Estranho. O Coronel, ainda de pijama, decidiu ir lá fora, onde pôde ver os restos de comida que sobraram da festa espalhados pelo chão, fazendo a alegria dos cachorros. Ao lado da porteira um dos seus capatazes lhe informou:

— Quem eu vi saindo aí de galope foi o genro do senhor, Doutor Bezerra.

— Sabe se ele foi trabalhar? Por acaso veio alguém aí chamar ele?

— Vi não, Coronel. Do que eu me alembro, ele subiu no cavalo numa pressa, nem olhou pra mim.

— Tá meio esquisito isso aí!

E só havia uma pessoa que podia explicar melhor aquilo. Santiago foi até o quarto de Rebeca, encontrou a porta semicerrada. Entrou sem bater e deparou com a filha sozinha, deitada no leito, com os olhos vermelhos de tanto chorar, a mirar o vazio. Ela não disse nada, pareceu não notar a entrada do seu pai.

— Que é que houve aí? Cadê o Bezerra?

Continuou calada e, por mais que o pai insistisse, respondia apenas por monossílabos, até fazer com que este perdesse a compostura, tirasse o chicote, dizendo:

— Fala, menina! Aonde é que foi parar seu marido?

— Também queria saber, pai! Saiu daqui de repente e não disse pra onde foi! É só o que eu sei dizer pro senhor!

Santiago não teve sossego. Chamou seus capatazes e foram à cidade, a farmácia estava fechada, ninguém vira o genro do Coronel por ali naquela manhã. Ainda não se dando por satisfeito, ordenou que todos os seus homens fizessem o possível e o impossível para encontrá-lo, estava disposto a lhe dar uma sova tão logo o visse, era muita brincadeira de mau gosto para uma pessoa só. Já no final da noite, todos os seus subordinados voltaram com a notícia:

— Não encontramos o Doutor Bezerra e nem uma pessoa que tivesse visto pra onde ele foi.

Nos dias que se seguiram, Rebeca se tornou uma mulher taciturna, reclusa no quarto, parecia ter perdido a vontade de viver, sempre consolada pela mãe:

— Ele ainda volta, minha filha. Esses doutores não têm dia e nem hora pro trabalho, meu tio era assim.

Coronel Santiago pensava diferente:

— No mínimo deve ter ficado com saudade de outra que ele largou pra trás e sumiu sem dar satisfação. Ele me paga!

Um mês, dois meses, três meses, ele não apareceu. Sua farmácia continuava fechada, mandaram arrombar a porta e viram tudo no mesmo lugar. Na cidade, o povo perguntava se o farmacêutico poderia estar morto, ao que Santiago ameaçava:

— Tomara que esteja, pois se me botar os pés aqui, sou eu quem vai fazer o serviço! Molecagem dessa não é coisa que se faz com uma moça de família!

Reclusa também estava Dulcídia, o remorso lhe doía, o sumiço inesperado do cunhado poderia ter sido consequência da mandinga da nêga macumbeira. Pensava: "Pra quê eu fui mexer com aquela dona? Ela tem mesmo parte com o diabo!"; queria impedir o casamento, mas não desgraçar a vida de sua irmã. Quando tentou desabafar com o padre, no confessionário, ele a repreendeu: "A senhora foi mexer com gente da pior espécie possível! Como penitência, vai rezar três terços diariamente, durante seis meses." Dulcídia cumpriu, mas nunca conseguiu se livrar do sentimento de culpa por ter sido a responsável pela infelicidade de Rebeca e decidiu se autopenitenciar de outra forma, jamais iria realizar o seu sonho de ter marido e filhos. Entretanto, o pretendente não tardou a aparecer.

No dia em que o irmão Pedro se casou, a fazenda novamente se viu em festa, oportunidade em que ela conheceu João Vicente, filho de tradicional família da cidade. Após se encharcar de vinho e cachaça, ele criou coragem e tirou-a para dançar. No fim da noite, foi até Santiago e pediu-a em casamento. Ele consentiu. Afinal, Rebeca, para todos os efeitos, estava viúva e vivendo o destino que ele e a esposa lhe haviam traçado. Dali a alguns meses Bento iria se ordenar padre, teria uma enorme alegria ao ver um filho celebrando o casamento da filha.

No dia seguinte à festa, depois de se curar da bebedeira, João Vicente não se lembrava do ocorrido na noite passada e se assustou ao ouvir do irmão:

— Coisa boa você fez, pediu ao Santiago a mão da filha dele em casamento.

— Eu fiz isso!

— Não lembra mais?

— Para qual delas?

— Para a Dulcídia, lógico. Esqueceu o tanto que vocês dançaram na festa?

— Não pode! Fala pra mim que isso é brincadeira!

— E o que há de mais, João? Moça boa e prendada daquela. Não se lembra mais que o Santiago aceitou?

— Mas eu tenho uma namorada no Rio e é com ela que eu quero me casar! Se eu fiz isso, acho melhor ir lá e pedir desculpas...

— Fosse você eu não fazia isso não. Com filha do Coronel Santiago ninguém brinca. Pediu, tá pedido e, se tentar voltar atrás, vai ficar pior. O homem já anda uma fera com um genro dele aí que casou e, dia seguinte, fugiu pra longe.

João Vicente coçou a cabeça e murmurou:

— Vou ter que casar com uma mulher feia daquela?

— Acho que ainda é melhor você ter uma mulher feia do que um caixão bonito.

Quando João Vicente subiu ao altar com Dulcídia, parecia amedrontado como um porco que vai para o matadouro, ao passo que a noiva não cabia em si de tanta alegria, havia se esquecido da sua autopenitência. Se alguém lembrava ao fazendeiro do estranho sumiço do outro genro, ele respondia que já tinha esquecido aquilo, mas como todo gato escaldado tem medo de água fria, mandou seus capatazes cercarem a fazenda para, caso seu mais novo genro também tentasse escapulir, abrissem fogo contra ele. No entanto, a noite transcorreu tranquila dentro do quarto, e lá fora, debaixo da janela, o capataz designado para montar guarda, madrugada adentro se excitou com os gemidos de prazer do casal que foi para a cama pela primeira vez.

No dia seguinte, por volta do meio-dia, João Vicente e Dulcídia ainda não haviam se levantado. Por mais que a fazenda estivesse cercada, Vitória Doroteia teve maus pressentimentos e decidiu ir ao quarto de ambos para ver o que estava acontecendo. Seu novo genro foi quem atendeu a porta, estava elegantemente vestido, enquanto a filha, ainda de camisola, assentada na cama e aparentando felicidade. Sua mãe lhe disse:

— Dulcídia! Já é quase meio-dia, o mundo não vai acabar hoje!

— O que está havendo, mamãe?

— Devia ter vergonha! Vocês se casaram ainda ontem!

Um mês depois o casal estava mudando para a fazenda que Alonso doou para o filho, mas não moraram ali por mais de um ano. Abolida a escravatura, a falta de mão de obra braçal no campo levou a maioria dos latifundiários à bancarrota. Sem dinheiro, sem poder, Santiago viveu pouco. Vitória Doroteia, mais a filha considerada viúva e a criada Chiquinha se viram obrigadas a mudar para a cidade.

João Vicente se tornou um marido arruaceiro, beberrão, mulherengo, pouco parava em casa, Dulcídia procurava se conformar com aquela situação. Pensava que tal era um castigo divino pelo fato de haver se utilizado da magia negra para fazer o casamento da irmã fracassar. Rebeca estava sempre alegre ao lado dos sobrinhos, era a tia por quem mais tinham consideração. Ensinou-os a ler, fazer contas de aritmética, contava-lhes histórias e estava sempre os presenteando com guloseimas, se tornava uma garota quando brincava com eles de esconde-esconde, três-marias, pular caracol e outras diversões infantis. Fazia-os dormir cantando cantigas de ninar e jamais foi capaz de levantar a voz com algum deles se fizessem alguma peraltice.

Observando seu jeito maternal, seus irmãos e irmãs não deixavam de comentar que aquela era a forma de Rebeca suprir sua frustração de não ter tido filhos. Com sua mãe, procurava também dedicar-lhe a maior atenção possível, estava consumado seu destino de ser a filha que iria cuidar dela na velhice. Mas Doroteia não chegou à velhice, antes dos cinquenta anos uma pneumonia tirou-lhe a vida.

Quando Doroteia faleceu, os filhos e netos sentiram menos pela perda da mãe e avó e mais pela irmã e tia Rebeca, com quem ela iria ficar? Sozinha a viver no casarão com a negra Chiquinha? Convites dos irmãos para ir morar em suas casas não faltaram, mas ela recusou. Preferiu continuar a viver com sua companheira de infância.

Entretanto, com a ausência da mãe, não se tornou uma mulher triste. Muito pelo contrário, ao lado de Chiquinha, pareceu até se tornar uma pessoa mais alegre. Sempre juntas, na missa, nos aniversários e festas de família, ou caminhando de braços dados pela cidade, faziam o povo comentar: "Que gracinha! Até parecem irmãs de sangue!". Alegria que durou enquanto Chiquinha foi viva, pois no dia em que ela partiu desta vida, aí sim, nunca se viu Rebeca tão triste, mais do que quando fora abandonada pelo marido. Perdeu não só a vaidade como também a vontade de viver, a esperar pela morte até o dia em que ela chegou.

Absorta em suas lembranças, Dulcídia despertou quando escutou um grito de pavor e espanto vindo do quarto. Viu Ana Maria chegar na sala, sem voz para poder explicar o que havia acabado de testemunhar, foi um dos seus sobrinhos quem disse:

— A Tia Rebeca tem um pinto!

Junto com os irmãos e cunhados correu para o quarto, viram as mulheres estarrecidas, chorando, observando o corpo nu daquela velha senhora, mas não o corpo de uma mulher. Mesmo com todos os traços femininos, tais como seios, cinturas e quadris mais largos, entre os lábios de sua vagina podia se ver um pequeno prepúcio desenvolvido durante a sua puberdade.

— Acho que isso explica muita coisa! – murmurou Dulcídia.

— Rebeca era homem ou mulher? – perguntavam.

— Hermafrodita, coitada! – respondeu Bernardino.

Ninguém entendeu e nem ele quis explicar o termo científico, apenas disse:

— Vamos preparar o funeral e, em respeito à memória da nossa irmã, vai todo mundo jurar ficar calado, ninguém viu nada e nem tem satisfação nenhuma a dar sobre o que estão vendo.

Todos acenaram afirmativamente com a cabeça.

Dulcídia foi a uma loja e comprou o mais lindo vestido para, no dia seguinte, sepultar a irmã junto com o seu sentimento de culpa.

MAURO ALVIM, como todo bom mineiro, adora ouvir e contar causos do interior, principalmente na pequena Iguatama, à beira do *Véio Chico*, que tomou como sua cidade do coração. Começou como roteirista e dramaturgo, tendo sido aluno do também roteirista Doc Comparato em um curso na Casa das Artes Laranjeiras (Rio), a partir do qual escreveu as peças teatrais *O diabo também faz milagre* (publicada pela revista SBAT), *A mulher das sete saias*, *A volta do que não foi*, *Até o santo perdeu a cabeça*, *Rabo Preso*, textos que adaptou para a televisão em forma de minissérie. Colaborou como articulista para o Jornal Estado de Minas (Coluna Opinião) e recebeu diversas premiações em concursos literários como contista e dramaturgo. *Mineiríssimo* é seu livro de estreia na literatura. Bacharel em direito, atualmente vive em Belo Horizonte, onde é funcionário do Tribunal Regional do Trabalho, 3ª Região.

Contato: mmalvim@uol.com.br